日子的恬淡與美麗

琹涵——著
蘇力卡——圖

目次

part 2 珍惜相遇

part 3 流光逝水

自序

相遇，是美好的緣分

但願，今生所有的相遇，都是美好。

那時，青春正飛揚。

有一年，我們到海邊玩，朋友們嘻笑的鬧著。

我獨自走在沙灘上，留下了一行腳印。

一行腳印，看來有一點孤單，卻另有一種特立獨行的美，我覺得也很好。世間事有時都太紛紜了，那麼，若能簡單明白，也未嘗不好。

大學時，我們還曾經到頭城露營，一群大孩子嘻嘻哈哈，好不快活。青春是這般的迷人，我們的歌聲嘹亮直上雲霄。

往後，也曾有幾次到海邊玩，走長長的沙灘，一個人或一群人，都各有各的好玩和有趣，也未必一定要如何。後來，又去過關島，也去了其他的小島。

有陽光的所在，走長長的沙灘，還真是越曬越黑了，會更健康嗎？希望是。

沙灘上的腳印很難持久，一陣浪潮過來，就把所有的痕跡抹去，什麼都留不下來。人生也可以這樣嗎？只要及時行樂，沒有永恆？

想一想，你願意要一個沒有長久記憶的人生嗎？那有多麼的悲哀……

畢業以後，我到鄉下教書多年。那是一個純樸的小鎮，夏天時，常有荷花迎風招展。

恬靜的歲月，美如詩篇。

我記得，長大以後的他曾經寫了這樣的一段文字給我：「生命是塊拼圖，相遇的每一個人事物，都是需要的。其中善意的相遇，讓生命更加美麗，就像老師。」

他一定不知道，這竟然成了我教書生涯中最動人的稱譽。宛如春天的風，帶來了無數的繽紛；也像是夜空中的星光，燦爛了我人生的圖騰。

「謝謝！」我真心這麼說。

是的，他們都曾經是我花園裡的小小蓓蕾，迎著晨風，閃著朝露。那時候，我太年輕，相遇時的真心相待，我也以為理應如此，我沒有想到幾十年以後，我們還會相逢，他們還贈給我，無數燦美的花朵。

我非常驚詫，簡直無法相信這是我教學的豐美成績。

或許，我在寫作上也是如此。

從年少時開始，我孜孜矻矻的寫，不曾放下手中的筆。即使我聽不到掌聲，也不曾有人稱揚，可是，我一直沒有放棄。後來，出書，寫專欄，得獎；然而，寂寞依舊。或許，所有的喝采聲都在遙遠的他方，像那記憶裡遠處的濤聲？

我在安靜的夜裡寫作，不曾停歇。我夠幸運，仍然年年出書，即使書市的景況寒涼，多少優秀的作家都有點灰心了。

我還在寫。

想起我在天上的母親，是她細心帶領我走上閱讀和寫作的路，給了我更好的人生；還有我的學生和讀者，是他們的愛，鼓舞了我願意持續不懈的努力。

是的，今生所有的相遇，都是美好。

大文豪泰戈爾在他的《漂鳥集》裡，說：「我不能挑選那最好的，而是最好的選擇了我。」在歷經紅塵悲歡的今天看來，我的確是被最好的所選擇。

我有多麼的幸運！

如今，《日子的恬淡與美麗》在寧靜的冬日裡出版，寫的是我今生一路行來和人事物的種種相遇，愛和感恩是心情。

只因在這一生的流光中，曾經與你相會，或長或短，都彌足珍貴，於是，記憶的田畝裡，便開出了最美的花，芬芳處處。

除了由衷的「謝謝」，我無法再說其他了。

琹涵 寫於二〇二二年初冬

part 1 生活音符

好好的過日子吧！
生如夏花是美的，
死如秋葉又何嘗不美？

part 1

生活音符

心語錄

有生命，才會有生氣，那是一種珍貴的特質。只是，既有生，便也難逃死的命運，這也是一種尋常。讓我們看淡生死，也讓我們更加珍惜活活潑潑的生命。

真誠的聲音，必然來自懇摯的心靈。不誠無物。古人說得多麼好，我們都應該謹記。可嘆，當我們入世越深，更加覺得真誠的難覓。真誠，是可貴的人格品質，宛如珍珠般的溫潤光芒。如果內心虛假，聲音便很難真誠，多了幾

分造作和虛偽，日久，還是會被洞悉的，便也無法引發共鳴了。

我了解，任何一件事情如果要做得好，唯有盡心盡力，付出更多的時間和心思，才有實現的可能。

我也明白了，世間沒有僥倖。

原來，某些時刻，幸福，也不過是寒涼天氣裡的一碗甜湯。

知足，令人長保快樂。

尋常的生活，如果讓人念想，那是因為其中有愛。

的確，是愛，給了我們溫暖的力量，讓我們可以勇敢前行，縱使孤單，也不畏風霜雨雪，持續追尋心中的夢想。

我常想，如果我是一朵花，希望能熱烈地綻放，懷著馨香，芬芳了世界。這樣就夠了；至於是否是別人眼中的美景，或許不是那麼重要吧？

是持續的努力，才讓進步看得見。如果從來不努力，一任時光如飛的逝去，總是要後悔的。

時間的錘鍊，立基點仍在於持續的努力。

世間所有的出類拔萃，無不充滿了艱難苦楚。

在一方寧靜裡，我的心彷彿成為一個自足的小宇宙，無須仰人鼻息，更不必看人臉色，我做自己，輕鬆而且自由。

人世間處處有缺憾，誰能真的一帆風順呢？那幾乎是個不可能的神話。詩人一生的坎坷鑿痕，對我們也是一種很好的鼓舞與慰藉，但願也能不屈不撓，勇往直前，以不負此生。

歡喜時讀詩，憂患時讀詩，有詩卷相伴，晨昏相隨，我的人生也如歌。

當我們向前看的時候，人生是漫漫長途，是多少日子的堆疊而成。回顧的時

候，卻讓我們心驚：果真短如一瞬啊，多少歲月早已如飛的逝去，再也追不回來了。

好好的過日子吧！生如夏花是美的，死如秋葉又何嘗不美？

生活原本平淡，就像一杯白開水，沒有什麼滋味，卻有益健康。

生活縱然無趣，人間的情味卻如此雋永有趣，時時盈滿我胸懷。

只要心存善念，即使微笑，也是美麗的布施。

只要是付出，不分難易和大小，都讓個人微小的生命變得更有價值。所以，我們要學習付出，讓行善成為日常。

有快樂的心，走快樂的路，過快樂的日子，一直是我身體力行的。

人間的苦太多，請記得，不要把自己的快樂也賠了進去。

健康，多麼值得珍惜。在軌道上的日子，都是幸福。

春節長假

今年的春節是個長假，多麼難得，然而又濕又冷，哪兒都去不了。濕冷的春節，加上疫情緊張，反而是安靜的。

於是，我在電話裡跟好朋友拜年，讀書，寫稿，沒有什麼特別，就這樣過了。倒是有機會吃了很多的餅乾、糖果，蠶豆酥……都是我平日沒空吃的。

小時候，我原本很不愛吃零食，反而是後來，有機會吃了一些。驚訝的發現，簡直不可同日而語。往日都沒有這麼美味的甜點糕餅，還花色多樣，美不勝收，滋味更比想像中的還要好。也是從那個時候開始，我偶爾也吃一點，真心感到人生的幸福。

記憶裡，有一次去採訪烘焙業碩果僅存的耆老，那年老先生九十歲了。訪問結束，店家客氣的送了我一大袋糕餅甜點。我正想推辭，對方說：「你不吃，哪知我們糕餅的好？」一吃之下，大為驚豔，果真名不虛傳呢。

我的春節長假都在吃吃吃中度過……

安寧靜好的時光，是我喜歡的。

不知當疫情完全過去以後，若我們有機緣相逢，是否會有「劫後餘生」的慶幸？

花鐘

陽明山公園的花鐘，是我們記憶中永恆的風景。

那些年，我們在華岡讀書。學校的建築雕梁畫棟，充滿了古典美的氣息，我穿梭其間，讀我心愛的中國文學。美麗的陽明山公園，只是我們的後花園，散步可達。每次都走路前去，也都看到了花鐘，次數多了，就像是見到故人一樣。

當驪歌輕唱，終究是別離。友朋星散，那時年輕，總以為再見不難。

多少年了，四十年也有了吧？記得，很早很早以前，那花鐘就存在著，地老天荒，竟也彷彿見證了我們的青春年少。

花鐘一直都在那兒，而且似乎更美了，我相信是有人費心照顧。明顯不同的是，公園裡的那些樹已經越長越高，早就枝繁葉茂了。

想起曾經讀過的「誰非過客？花是主人。」的確也有幾分道理。

一轉眼，韶光流逝，屬於我們的青春遠揚。花鐘仍在。我的心，感傷不多，只留下歡喜。

每次看到花鐘，如見故人。

空籃子

如果日子像一個空籃子，你想，那籃子裡要放進什麼呢？

一首歌嗎？繽紛的音符像一個個的亮點，還有著高低起伏呢。點綴得日子晶瑩美麗，有說不盡的遐想和思念。

一個夢想嗎？沒有夢想的人生枯寂，甚至絕望。有夢的歲月最美。因為有高懸的標的可以奔赴，讓心靈變得豐富，日子更為充實，生活洋溢著希望。

滿滿的花朵嗎？有著各種不同的花形，無數的顏彩，紛紅駭綠，還有幽香處處。我們的內心也應該要這樣，摒棄黑暗，阻絕頹唐，懷著樂觀和信心，勇敢前行。

真善美嗎？讓人生更為雋永有味，真善美是我永恆的追求。

我更想放進籃子裡的是祝福，祝福這個世界更為溫暖豐美，祝福每一個人都幸福快樂，無論識與不識，我都樂意給予真誠的祝福。

我的祝福，你收到了嗎？

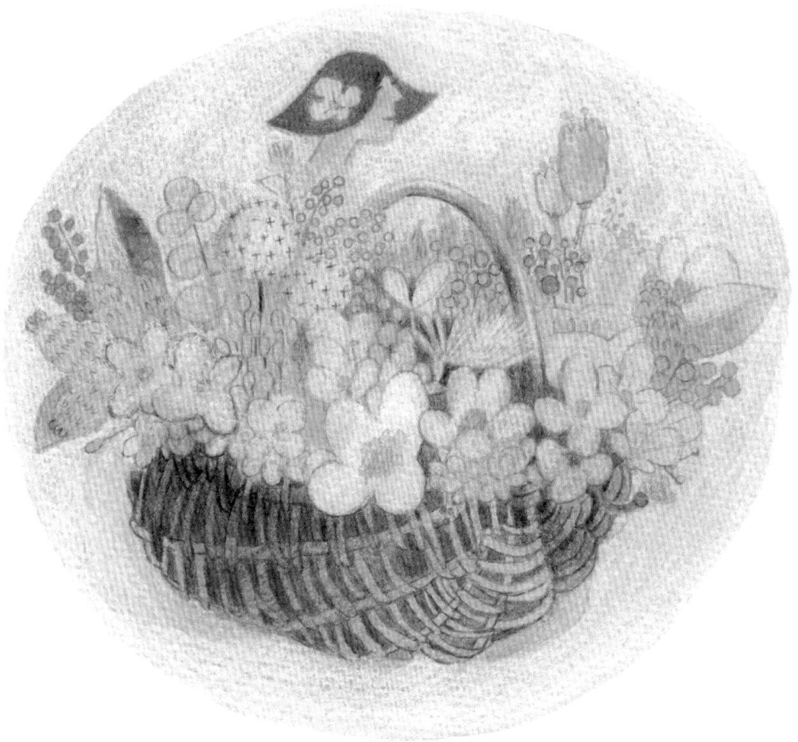

小盒子

我有一個檜木小盒子。

原先我拿它來裝各種零星小物，如迴紋針、髮帶、用剩的銅板、發票、收據等等。雜七雜八的，一如我混亂的心情。

有一天，我把小盒子清空，還裡裡外外擦拭了一遍，露出了它原本美麗的木質紋理，顯現一種天然的清新，如此雅潔迷人，真是不可同日而語呢。

一個空盒子，我拿來裝什麼呢？

有時候，我在紙條上寫幾個字，也許是詩，自己的、別人的，甚至是古人的。放進盒子裡。詩句是美，偶爾我翻出來讀，竟然覺得日子是如歌的行板。

有時候，收進盒子中的，是我抄寫的格言，古今中外不限。閒暇時重讀，於進德修業有益，更是快慰平生。少少的字，卻表達了豐厚的意涵，多讀，多實踐，足以讓我們成為更好的人。

有時候，我也收藏一些溫馨感人的剪報，當我心灰意冷時可以細細的讀，提醒自己，人間的溫暖處處都有，應該鼓起勇氣前行，多栽植美善，而不要被沮喪所打敗。事仍大有可為，不必這般悲觀。

如果沒有更好的佳言美句和剪報時，我也寧可讓它空著。心中有所待，不也是另一種美嗎？

方巾

最近我買了很多方巾，原本是打算拿來當抹布用的。抹布的功用在擦拭，以保持居家環境的整潔。

我拿它四處送人，價錢不高，品質甚優。我弟拿去擦他的愛車，好朋友拿它在洗完頭後擦乾頭髮，他們都說效果很好，吸水易乾是最大的優點。

我還送了一條給天天游泳的朋友，她說：「很棒，不輸日本貨。」她曾經買了一條日本製的毛巾，所費高昂，不多久，就給搞丟了，有點心疼。還問我：「這一條會不會也很貴？」其實不貴，既然她喜歡，下次如果她來，還可以再送她。

我很不喜歡限用一次的物品，總覺得太不環保。尋常生活裡，我喜歡用手帕而不是餐巾紙。用過的手帕，洗一洗，晾乾，又清潔如新，還可以不斷的反覆使用，真是太好了，少了地球很多的負擔。

方巾把髒汙留給自己，卻把清潔贈予他人。這樣的精神，多麼值得我們學習。

我的鬱金香杯

杯子是尋常用品，我想，每個人都擁有很多不同的杯子，甚至有人還收集杯子呢。

古詩人有「葡萄美酒夜光杯」，說的是，酒筵上甘醇的葡萄美酒盛滿在精美的夜光杯之中。我羨慕嗎？其實沒有。因為我有美麗的鬱金香杯。

當年，他是我課堂上心愛的少年，一轉眼，他已經長大，因公出國回來時，還特地帶了一個有著鬱金香精美圖案的杯子來送我。

王翰的詩裡有著慷慨悲壯的情懷，而我的鬱金香杯只盛著我的歡喜和感激。謝謝在經歷過那麼長遠的歲月以後，他還記得我。

久遠以前，那時，他還在外地讀高中吧，趁著返家時，曾經順道來看我，不巧我正在感冒中，一直沒有痊癒，好好壞壞，反覆已經很久了，意氣不免有著幾分消沉，本來就話很少的他也不知該說什麼就回去了。後來，我接到他慰問的信箋，多

有關懷和憂心。如今回想起來，真令人感動。

現在，他早已成家立業，成為家庭的安穩支柱，也在工作上表現優異，讓我十分寬慰。

有時候，我想念他時，便拿起鬱金香杯，或咖啡或茶或白開水或其他不同的飲品，像洛神花茶、菊花茶等等。這麼多樣，會不會也像是人生的滋味呢？

希望在百味雜陳之後，仍留有一絲餘味無窮。

如果人生也會是一首詩，但願屬於我的是清新的、雋永的。

筍子，筍子

我的確是愛吃筍子的。

那天，有一群早年教過的學生約著來看我。她一進門，就直接進了廚房。

怎麼一回事呢？我滿腹狐疑。不是來說話的嗎？

原來，一早，她央大嫂上山挖筍子。拿到筍子後，再從台南直接搭高鐵到台北，和大家會合後一起前來。之所以急忙下廚煮筍子，就怕一擱久，筍子老了。

真是隆情厚誼啊。可是，這並非我的初衷。

然而，我還是感謝的。

這麼貼心的孩子恐怕現在已經不容易遇到了。我有多麼的慶幸，我曾經在久遠以前和學生們結下了如此好緣。

被記得，也被懷念。

為此，我感恩。

紅麴正夯

有好一陣子，紅麴正夯，健康食品上常見得到它的身影。聽說可以抗癌，聽說可以提高免疫力，聽說……於是，相關的紅麴食品滿天飛，連個「紅麴餅乾」都得排隊搶購，還賣到缺貨。

在傳統市場買肉絲時，老闆問我：「打算怎麼煮？」我一時答不上來，因為並沒有細想。

老闆熱心的建議：「可以炒紅麴。」他豎起大拇指：「好吃喔。」

我點點頭，紅麴有益健康，這我知道。

「你有沒有紅麴？」

「沒有。我會去買。」

在一旁的老闆娘接腔：「我可以送你一些。自己做的。」她遞給我一個褐色的玻璃瓶，裝了一半。

「不好意思。」我的確這樣想，彷彿是奪人所好。

「不會啦。」老闆娘笑笑的說。

呵呵，萬事俱備，只欠一煮。我答應下回來，要告訴他們好不好吃。

一定是好吃的啦，我多學會了一道簡單的菜，而且其中又添加了他們的好意，連我都很期待呢。

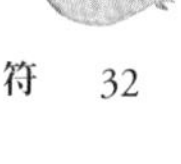

窗口

窗口也像是一個畫框，框住了外界的風景。

我察覺，你已經在窗口站立了好久，我很好奇，到底你看到了什麼呢？是那棵樹的枝繁葉茂，鬱鬱青青，吸引了你好奇的目光嗎？曾經它只是小小樹苗，然而幾度春花秋月，隨著時光的流轉，它竟然長成了一棵有著濃蔭的大樹。可以遮風擋雨，夏陽炙熱時，還能送來清涼，努力為人們消去暑氣。

還可以看到生命的消長，花會凋零，葉會枯落，可是每到春來，綠葉孳生，花團錦簇，大自然的無言之教，我們唯有敬謹領受，自強不息。

有雲從天上緩緩行過，帶來了寧靜的感受，一如詩般的美好。

花姿嫣然

畫家朋友來，送了我幾枝花。

這麼美的花，花姿嫣然，想必費了她不少錢。

她卻說：「因為畫畫要用。」那陣子她畫水墨。

後來，我看到了她的畫，也的確畫的是那幾枝花；可是，顯然的，卻又比真實的花還要美。

怎麼會這樣呢？

是由於畫家的感情融入，讓畫更為繽紛迷人？或者，其實，她畫的，並不是真實的花，而根本就是夢中的花？

花姿嫣然，到現在，我依然記得那些花的美麗。

鮮花

鮮花的可貴，在於它是有生命的。

可是鮮花易凋，不可能長長久久的存活。凋零的花朵必須捨棄，在我，扔掉時卻帶有幾分感傷。

有好一陣子，我因此不再買鮮花了。現代的塑膠花，技巧佳妙，幾乎可以亂真。更好的是，塑膠花不會壞掉，可以長久保存。於是，我改而買塑膠花，開始時，也的確歡歡喜喜。你看，塑膠花永遠美麗。

慢慢的，我覺得我並不喜歡塑膠花，的確它不會壞，可是它沒有生命，也不會有香氣。

有生命，才會有生氣，那是一種珍貴的特質。既有生，便也難逃死的命運，這也是一種尋常。

讓我們看淡生死，也讓我們更加珍惜活活潑潑的生命。

酢漿草

誰都見過酢漿草吧？是很尋常的小植物。

酢漿草開著紫色的小花，細緻而美，像一個微小的紫色的夢。

有好一陣子，我家的前陽台常見它的芳蹤，這些年比較少見了，或許它遠去了？搬家了？甚至移民了？祝福它的喬遷之喜。

人人都說酢漿草，它的葉子只有三片，還是心形的小葉片呢。有人告訴我那是代表著信仰、希望和愛情。我以為，那不就包含了所有人生的夢想嗎？

可是，據說，如果找得到四片的酢漿草，它還有一個特別的名字，叫做「幸運草」。真的嗎？如果擁有幸運草，就真的成為世上最幸運的人嗎？

我不是一個貪心的人，如果我擁有信仰、希望和愛情，不就很圓滿了嗎？哪裡還敢要求更多呢？所以，即使我只找到三片葉子的酢漿草，也已經感到心滿意足了。

還是把幸運草留給你吧。願你此生幸運，永遠沒有煩憂。

美

美，是重要的。

讓美進入我們的生活，成為忙碌裡的調劑。沒有美，我們不會快樂。沒有美，我們的日子空洞、單調而且貧乏。

讓美進入我們的內心，美，是對生命的啟蒙。對美的嚮往和追求，讓我們擁有更多屬於心靈世界的富足。

美，也是一種療癒。

有一陣子，我的心境蕭索，沒有什麼樂趣。朋友們懷疑我有憂鬱症的傾向，我雖然沉默寡言，卻也覺得還不至於厭棄自己的生命和整個世界。後來有人拿來兩盆盆栽，讓我照顧。就放在前陽台上。每隔一天我只要澆一次水，就可以了。的確不難，我先是無所用心的澆水，很少留意它的變化，然而，綠色植物充滿了生機，新長的葉子尤其顯得青翠，很有朝氣的模樣，也的確是討喜的。盆栽越照顧越美，快樂也慢慢回到了我的心中。

希望美無所不在，也讓我們生活的周遭更為繽紛迷人。

林間

走在林間，在一個春夏交界的時日，真覺得滿心的舒暢快意。

慢慢走，欣賞啊。

離塵囂遠了，在寧靜中，林間如畫，每棵樹都有自己的表情和生命。怎麼看都饒富趣味。

我曾經住在一個多樹木的地方。大作家舒國治在接受訪問時說：「電影《牯嶺街少年殺人事件》有很多場景是在屏東糖廠的廠區拍攝的，那裡的樹木參天……」那裡，也是我的出生地呢，我的幼年在那兒度過。

幼年的記憶，如今想來，雖然遙遠而模糊，樹木卻像印記，烙在生命裡。

所以，有時候，我必須走在林間，才能暢快的呼吸，才覺得自在逍遙，彷佛那才是我真正心靈的故鄉。

傾聽樹的低語

每天清晨，她趕著比太陽還要早起，做什麼呢？去散步。

因為住家的附近有個小公園，花多，樹更多，於是，每天晨起，她去散步。彷彿和樹有約。

她在樹下做著簡單的運動，有時候，累了，就在樹旁的椅子上歇一會兒。才五點多，天濛濛亮。她聽著鳥語，鳥兒醒來，是準備要外出覓食了嗎？

吱吱喳喳的鳥聲，難道是代替樹來發言嗎？

樹葉清碧發亮，樹，也是快樂的吧？

大自然的撫慰

人，只有走進大自然，心靈才能得到最大的撫慰。

平日裡，我們要工作、人際關係處理、三餐打點、家人互動……這樣那樣的事情多著呢，我們恨不得有三頭六臂，其實仍然是疲累的。

逢到假日，倒頭大睡，卻越睡越累，還是得起來，繼續做著瑣碎的事，洗衣、拖地、換床單，收拾房間……還是好累。

只有到大自然的懷裡，看山看雲看天空，聽鳥聲聽水聲聽天籟聲，我們疲憊的內在終於慢慢的復甦，重新得到前行的力量。

大自然是一首歌，唱給已然倦怠的心來聽。

真誠的聲音

聲音有百百種。

平日裡，我們聽到的聲音常各有不同，有的悅耳，有的嘈雜，有的只是噪音，甚至慘不忍睹。

美好悅耳的聲音，有的來自天賦，也有的來自後天的苦練和用心。

我喜歡真誠的聲音，也常為真誠的聲音所感動。真誠無偽，多麼扣人心弦，引發溫暖的感染與擴散！

我以為：真誠的聲音，必然來自懇摯的心靈。不誠無物。古人說得多麼好，我們都應該謹記。可嘆，當我們入世越深，更加覺得真誠的難覓。真誠，是可貴的人格品質，宛如珍珠般的溫潤光芒。如果內心虛假，聲音便很難真誠，多了幾分造作和虛偽，日久，還是會被洞悉的，便也無法引發共鳴了。

所以，有時候，我比較喜歡跟兒童在一起，說話、唱歌、講故事、玩遊戲。童稚的世界天真無邪，沒有機巧，更沒有算計，比較簡單，也讓人覺得格外的自在輕鬆。

說不定，我內心也有個小孩，他從來都沒有長大。當我外在的容顏逐漸老去，內在的小孩卻依然如故。這也讓我拙於世俗的應對，我總是緘默不語，別人都以為是我的個性過於內向了，其實是我與某些現實世界的格格不入。卻不知，我只要面對年少的孩子就好了，我內心那個天真的小孩便會蹦跳出來，跟他們玩在一起，因為我根本與他們是「同一國」的。

真誠的聲音從來就很容易感動我，大自然的天籟是。天真未鑿的童言童語是，兒歌也是。發自內心的文學藝術創作都是……

希望有更多真誠的聲音都能得到應有的重視、珍惜和保守，這才是天下人之福。

聽那歌聲

你喜歡唱歌嗎？或者，你愛聽那歌聲？

聽那歌聲，彷彿有白雲飄過藍天，我的心也跟隨著遠去，一起漫步在雲端。

聽那歌聲，歌聲裡彷彿有白色的流蘇垂下，層層包裹著鄉愁，你可曾知道？

聽那歌聲，在原野中飄揚，連花兒都聽得痴了，靜靜的佇立，連風的嘩笑都渾然不覺。

聽那歌聲，到底是要唱給誰來聽呢？

給大地來聽，芳草萋萋，直向天涯。

給鳥兒來聽，誰的歌兒更美妙？

給流水來聽，流水帶著歌聲，去了遠方。

給自己來聽，聲聲全是真誠的祝福。

一起坐在大樹下

讓我們一起坐在大樹下，安靜的聆聽和感受。

聽小鳥在枝頭的跳躍和鳴唱，他們也是快樂的吧？說話唱歌，直把心事訴了，也把煩惱拋遠？

我們可以察覺風的流動，從樹梢吹拂而過。風是愛流浪的，從這棵樹到那棵樹，從此地到他方。

看來這棵大樹也很老了，日久天長，才能長得這般枝繁葉茂，留下了無數的清涼供疲累的人們享用。

有一天，我們能不能也成為這樣的一棵大樹？堅實的佇立在大地上，四季都有好風景？

此刻的天空，依舊遼闊，多有包容。

讓我們一起坐在大樹下，靜靜的聆聽天籟，並感知天地之美是這樣的安寧與和諧。

綠意深濃處

我喜歡萬紫千紅的繽紛美麗，我更喜歡盎然的綠意所帶來的滿心愉悅。

我以為，綠，是大自然中最平和的顏色，給人寧靜、安詳、無有驚怖。

花朵縱然美麗，迷人眼目，可惜很短暫，終究要枯萎落地。綠，來自葉子、小草等，輕易的映入我們的眼簾，給了平靜而歡愉的心情。

經常走在路上，有樹的路才美，綠意深濃則如詩般的雋永。如果走進公園，有花賞花，無花也可以賞樹賞葉子。每一棵樹都有不同的姿態，葉子是綠色，卻有不同深淺的綠。

年少時，我的朋友中，有人收集乾燥花，也有人收集葉子，小女生的思維細膩，喜歡就好，也未必須要有什麼實際效益。

走在綠意深濃處，希望我是那風，穿梭在山水之間，在葉子和葉子的迷藏裡。

海邊

有一年到日本旅遊，住在箱根旅館的那一晚，聽了一夜濤聲。

第二天醒來，我們透過住處的窗戶，還可以看到遠處的船影，逐漸或駛離或駛近。我們知道，我們面對的是瀨戶內海。

我其實是喜歡山的。山，沉穩、厚實，彷彿可以信靠。水，則靈動，看似柔美，卻也可能變臉，令人驚懼。

只是山居久了，有時候，覺得煩膩，我也可能到海邊住幾天，藉以調劑自己的身心。

「仁者樂山，智者樂水。」古人總是這麼說。

在我眼裡，山水都是美好的，不同的只在人心的好惡。

你住過海邊嗎？你喜歡海嗎？

黃昏的海邊

海邊，由於一無遮攔，讓我有著更為寬闊的視野，卻老是覺得裙裾飛揚，也許是因為海風迎面吹拂的關係。

黃昏的時候，海風從四面八方吹來，如此強勁，我幾乎以為連自己也會被風給吹跑。

晚霞也像火焰，四處點燃，連海水都好似鍍了金，亮閃閃的。

漁舟近了，那是歸帆吧，家中有倚閭而望的高堂，有年幼的兒女，他們都展顏歡笑。

廚房裡，有忙碌的身影，飯菜的香氣四溢，等待著歸人。

橋上的黃昏

站在橋上，看黃昏的雲彩，果真是美不勝收。是因為站在高處，眼前無所障蔽，所以看得更遠，也更為遼闊，也才欣賞到更多的美景吧。

這麼說來，欲窮千里目，更上一層樓。想想是有深意的。

橋上的黃昏，有天際的雲彩，有近處的水波，還有輕風拂面而來，真是快意平生。

想一想，人生的追逐，有什麼才是真正有意義的呢？如果不是真善美，如果不能讓我們的世界變得更好，或許都不會是具有價值的吧。

倘若一心只求取個人的名利，我以為，格局不免太小了。

毛小孩

你家養過毛小孩嗎？一定珍視有如自家的小孩吧。

我們家沒有養過。我們有五個手足，在那個普遍貧困的社會，連衣食都不豐裕，還有兒女教育經費需要籌措的壓力。家母更是緊張，她怕人畜共通的傳染病，會危及兒女的健康，那是個醫學遠不如今日發達的年代。

家母說：「我連你們都怕養不活呢。」

所以，我們家是沒有毛小孩的。手足多的好處是夠熱鬧，不愁沒有玩伴。

歲月悠悠，一晃眼，我們都長得很大了。

最近晚輩結婚，親戚們都出席。嬸嬸帶著美麗的三個女兒也蒞臨了。聊天時，才發現，我的三個堂妹都各自養了毛小孩，有的還成雙，甚至可以列隊成行。

我想，她們從小都是很受疼愛的，毛小孩一定也帶給她們很多的陪伴和快樂的時光吧。

溫柔的眼神

那年在日本旅遊時，也去了奈良。

奈良就是古代的平城京，它曾經是京都之前的日本首都，留下了不少壯觀的文化遺產，例如，人人耳熟能詳的興福寺和東大寺。可是，我更喜歡的是奈良的鹿。那鹿是親近人的。溫柔的眼神，明朗而無邪，更是讓人一見難忘。有人說，鹿又被稱為「神的使者」，這話我是相信的。那樣的溫柔，那樣的和平，多麼希望世界永遠不要有戰爭。戰爭從來是世上最大的不幸，有多少人妻離子散，又有多少人輾轉於溝壑。人間的悲劇遠比我們想像中的還要慘烈。

在奈良和鹿一起，是非不到，寵辱皆忘，真是小小一段美好的時光。

回台灣以後，久久不能忘懷的，仍是那溫柔的眼神。

花東之行

我第一次去花東玩，是跟著一個藝文團體去，風景之美，自然天成，留下了不可磨滅的好印象。

後來，遇到了學校的自強活動，我因此力主去花東玩，也承蒙採納。當然，我還是興致勃勃的再去。

是的，一樣的地名，一樣的景點，眼前的風光卻大有不同，令我驚訝不已。當時初相見的絕美感動也全然不存在了。

怎麼會這樣？原來，在於主辦者的是否用心。

第一次去，由於是作家與會。主辦者費心，特地事前先走了一趟行程，以確定所呈現的都是最佳的角度，沒有缺失。果然，處處佳景，美不勝收。第二次是學校的活動，直接交由旅行社代辦，或許只要求過得去就好，因此成效也就普通。所以，用心與否，其實，直接影響到成果的高低。

為此，我了解，任何一件事情如果要做得好，唯有盡心盡力，付出更多的時間和心思，才有實現的可能。

我也明白了，世間沒有僥倖。

鄉間民宿躲熱浪

酷暑來了，台北盆地蒸騰，無法可想，於是我躲到台南東山的「向陽田園居民宿」去避暑。

地點在台南市的東山區凹仔腳。不在市區，不在熱鬧的街道，它坐落在綠色大地，因此，陽光燦爛，空氣更是鮮潔，有益健康，完全符合了「向陽田園居民宿」的稱號。

夏天熱，最好的時光在晨昏。就在這裡，可以遠眺關子嶺頂，不只迎接晨曦，還可送走落日。也適合人們發呆放空，有如哲學家。

如果愛玩，四周的景點多的是。單緊鄰的白河，就好玩到不行。夏日，更可以清晨去賞蓮，看蓮花亭亭，蓮葉青碧如蓋。還有碧雲寺、大仙寺、水火同源、大凍山……更有在地的藝術家所提供的藝術欣賞。

夏日的蔬果多，芭樂、龍眼及各種瓜類都有盛名，鮮食且又健康，全都來自在地天然。如此一方好水土，造就了「向陽田園居」的聲名遠播。

經營者的處處體貼、時時用心，更讓它的好，深植在人心。

不到十年，「向陽田園居」已多有好名聲。他們的努力已經被看見了，好店家能出人頭地，也是全民之福。

火傘高張時，我留在民宿裡讀書，看書架上各種類別的書，或和民宿主人聊聊天。每個人都是風景，也都是不同的書，多麼耐人尋味，值得細細推敲和欣賞。

有時候，我獨自一人前往小住或和三五好友前來談心留宿。一起共賞白河、東山幽靜的田園好風光，也來品嘗東山有名的各式小吃和咖啡。

此地的田園風光好，還有咖啡飄香，讓我如願躲過夏日的熱浪，身心都得自在。

寒涼天氣

你喜歡寒涼的天氣嗎？

我很喜歡。

在我，偏涼的天氣也比炎熱時好太多了。每到夏天熱不可擋時，我都恨不得學習動物的冬眠，也來一個「夏眠」。真心希望一覺醒來，酷暑已過，連秋老虎也不在了，有多麼的美妙。可惜，這樣的美夢從來無法成真。

寒涼的天氣，容易保持頭腦清醒，也不會汗流浹背，工作的效率因此大幅提高，真是平生快意事。

清晨的散步更加愉快，怎麼走都好，滿心愉悅，日子宛如詩歌一般的美麗雋永。

有時候，一時興起，也邀約朋友們來吃飯，目的在說話，吃什麼反倒是其次。簡單炒幾個菜，煮個湯，雅潔就可以了。有時候人多，怕我累著，他們還自己帶菜來，或者是披薩燒賣，或者是各種小吃滷味，真是盛情可感；只是事後，總令我感

到過意不去。

寒涼的天氣，也讓我的胃口變好，吃起來更有滋味。

有時候，我煮一小鍋紅豆湯，趁熱，盛起一碗喝下，暖心又暖胃，覺得自己有多麼的幸福。

原來，某些時刻，幸福，也不過是寒涼天氣裡的一碗甜湯。

知足，令人長保快樂。

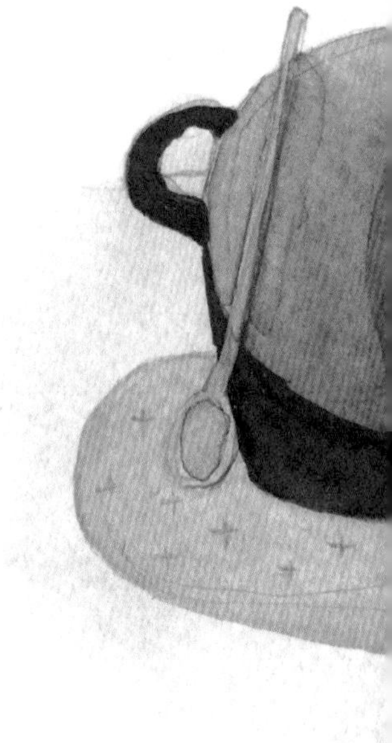

溫暖的力量

料峭春寒的季節，有時候也讓人覺得冷。

今天清晨外出拿網購的書，氣溫只有十五度，感覺寒意的逼人，幸好圍了圍巾也戴了帽子，覺得好一些。回到家，還是趕緊喝了一杯熱茶，就怕感冒了。茶湯那溫暖的氣息，的確驅走了寒涼，很快的，整個人也跟著暖和了起來。

我想，喝咖啡的效果也是一樣的。只是，我多半選擇了茶。

雖然，台灣的咖啡也越來越有名了，還屢屢得到世界大獎，然而，好茶畢竟名聞遐邇，舉世皆知。身在台灣，若不喝茶，豈不可惜了？更重要的原因是，我從小看著爸媽喝茶，茶香瀰漫，那是我很熟悉的味道，芬芳而溫潤。

長大以後，我也跟著雙親喝茶，聽他們說話，偶爾也閒話家常，一起度過許多靜好的時光。如今爸媽都在天上，我的思念無亟。喝茶時，總讓我想起還在爸媽跟前的歲月，愛嬌而受寵，果真如歌。

尋常的生活，如果讓人念想，那是因為其中有愛。

的確，是愛，給了我們溫暖的力量，讓我們可以勇敢前行，縱使孤單，也不畏風霜雨雪，持續追尋心中的夢想。

走在秋光裡

我喜歡秋天的明淨。

酷暑，就像一個噩夢，終於成為過去，真是太好了。我終於可以好好的坐在書桌前，隨心所欲的看書和寫字了，屬於炎夏的焦躁，也因此一掃而空。太開心了。

本來，秋老虎也是很有威力的，一樣熱不可擋。今年有一點奇怪，入秋以後，接二連三有颱風，幸運的是不曾侵襲台灣，卻因氣流的關係，讓氣溫因此降低，還帶來一些雨水。

台灣真是一塊福地，但願有福氣居住在此的人都能愛護它，讓它長保潔淨美麗。

我在秋光裡閒閒的走著，東張西望，看天看雲，看花看樹，連心情也如詩一般的美好。

持續的努力

　　他在很多年前寫了一篇文章，寫完了，卻覺得不滿意，於是一直擱著，沒有處理。

　　五十年以後，他重新改寫，成了一篇佳作。

　　他告訴我這件事，然後說：「還是需要時間的錘鍊，才可能有好作品出現。」

　　我說：「那是因為五十年來，你不停的閱讀和寫作，這樣的努力，早已提升了你的程度，寫出更好的文章，也是理所當然的。」

　　我相信，如果他五十年來，沒有努力，也不會有進步，站在原地，久遠以前的生澀還是存在的，哪裡會有什麼好成績呢？

　　我想起自己年少時，曾經奮力寫出一篇自認為得意之作。二十多年以後，我出了自己的第一本書，還打算把年少時的得意之作列入。就在校稿時，我怎麼看怎麼不順眼，終究還是決定刪去。因為我已經有了長足的進步，當年的自認佳作也不過爾爾，早已不值得留存了。

是持續的努力，才讓進步看得見。如果從來不努力，一任時光如飛的逝去，總是要後悔的。

時間的錘鍊，立基點仍在於持續的努力。

懷有馨香

世間所有的出類拔萃，無不充滿了艱難苦楚。

他跟我說，他哥當年到美國讀書，從此落地生根，如今他哥的兒女都飛黃騰達，各自擁有一片天。

真心替他們感到高興。在異鄉謀生，有多麼的不容易，能飛上枝頭，的確值得慶賀。只是，不是人人都能如此，天從人願的，恐怕很少。或許，我們都太著重於世俗的認定，真心希望他們是快樂的，只要覺得不虛此生就好。

我常想，如果我是一朵花，希望能熱烈的綻放，懷著馨香，芬芳了世界，這樣就夠了，至於是否是別人眼中的美景，或許不是那麼重要吧？

是的，我願自己是一朵能散發幽香的花，香氣未必能強烈到讓每個走過的人都能嗅聞得到；可是，那幽微的清香或許可以隨風散播到很遠很遠的他方。這便是我由衷的歡喜。

一方寧靜

我常無法在喧囂嘈雜的環境停留太久，那會讓我覺得疲累。我渴望寧靜的氛圍，在寧靜中，我才感到清心自在。

每個人都各有所好，很難定於一尊，畢竟是「鐘鼎山林，各有天性」。其實各有各的好，也無可強求。

我喜歡寧靜，在寧靜裡看書寫字，可以做很多事，那種不被打擾的歡喜，一直跟隨著我，獨處而不孤單，我可以做快樂的自己。

我不知道別人喜歡怎樣？每個人都可以適情適性，無所拘泥。這一生，能被放在一個接近對的位子，如魚得水，發揮所長，有多麼的幸運。

在一方寧靜裡，我的心彷彿成為一個自足的小宇宙，無須仰人鼻息，更不必看人臉色，我做自己，輕鬆而且自由。

我很喜歡自己現在的樣子，也感恩上天的成全。

另類？

他是水電師傅，來幫我看後陽台從天花板上下來的漏水問題，給了一些建議，還要求我寫觀察紀錄，作為往後處理的依據。

我們談了一些話，我覺得都是尋常話題，沒有什麼特別的。

臨離去時，他卻跟我說：「我覺得，你很另類。」

我沒有再問，因為彼此也不過是萍水相逢。

我想，或許我年輕時，比較特立獨行吧。

例如，努力把歷史課教成了「文學」。真是初生之犢，勇往直前了。在那樣的一個偏鄉，願意把自己焚燃成炬，以照亮學生們的前程。然而，能夠那樣的一往無悔，也確實有特殊的時空條件以及各方的配合。

在我的國文課上，畢竟我已寫作多年，竟然引發了小女生們對投稿的躍躍欲試，於是，我們投往相同的副刊園地。對我不難，對年僅十五歲的她們也確實門檻高了

一些，但是，那的確很有趣……我們各自獲得刊出的機會，她們真是文采斐然啊。

直到多年以後，我和當年課堂上的學生們相逢，他們都長大了，卻為年少時候那段充滿了書香的歲月懷念不已。

堅持做對的事，終究是非常值得，不會覺得懊惱，也讓我的人生因此大不同。

如今回想起來，很另類嗎？我也覺得還好。

但願那些曾經蒙受我祝福的學生們：歲月永遠靜好。

珍惜讀書

有機會讀書，要珍惜。

我出生在一個社會普遍困窘的年代，幸好那時候的民風純樸，大自然清新而美，加以父母師長疼愛，我們都擁有快樂的童年，而遺忘了原本物質上的匱乏。

父母是鼓勵我們讀書的。

幾十年以後，我們都長大了，也有了還不錯的工作。

我和小時候的朋友們見面，再相逢，大家都很高興。

人生的發展，有人說：一命，二運，三風水，四積陰德，五讀書。

今天看來，是有幾分正確的。讀書，扭轉了許多人的一生。尤其，窮人家的孩子想要翻身，讀書是一條很好的路徑。

靠自己，孜孜矻矻，終於走出了康莊大道，人生的困頓因此得到轉機而改寫。

不要灰心，能有機會讀書，知曉為學與做人的道理，獲得珍貴的智慧，有多麼好。

真正的吸引

我從識字開始看書，看了許多我找得到或買得到的書。

感想如何呢？

感謝書豐富了我的人生。今生有書相伴，是多麼幸福的事。

可是看了那麼多的書，真正吸引我的，恐怕還是在於作者。

不管作者寫的是詩、散文，還是小說，畢竟無法永遠隱藏。與其說，我愛他們的作品，毋寧說，我喜歡作者的為人。

也許是來自作者的個性、價值觀、待人準則……我想，最終真正吸引我的是在這裡。

我根本不相信一個言不顧行、品行不端的人寫得出什麼好文章來。

舊書新讀

最近常把往日讀過的書，再拿出來讀，常別有會意，心裡很開心。

果然，好書不厭百回讀。每讀一次，就有新的啟發，真好。

為什麼以前讀沒有這樣的感覺呢？

是因為那時工作太忙，心思不在這上頭，所以，匆忙讀過，印象也就不深了？是因為當時年紀小，人生的歷練淺，也就無法觸類旁通，多有印證？……

近來我重看的書也都是選那字數少的，如詩詞、經典、小語等等，字不多，卻字字珠璣，讀一讀，想一想，深以為雋永而受用，實在太感動了。如此美好的文采，簡直是天地的精華，我何其幸運，得以接觸，受其薰陶，甚至成為骨血，影響也可能及於一生。

每天，我就坐在書桌前認真的讀書，真心覺得「有閒讀書謂之福」。頓時心滿意足，非常感恩。

燈下讀詩

平日生活裡，我愛閱讀。

在新冠病毒疫情險峻的時刻，我更常在燈下讀詩，為的是安頓自己的心。我在燈下讀詩，詩的雋永，讓我的生活和心靈更為美麗；然而，在更多的時候，我讀的也是詩人寂寞的情懷。

千古以來，有哪個詩人不曾遭逢到人生行旅的困頓與艱難？有的是來自大時代的悲歌，戰爭所帶來的流離失所，有的是遭時不遇，有志未伸，那種「恨無知音賞」的悲涼，能不寂寞嗎？

相形之下，我們一時的不如意，或挫折或失意，就顯得十分微渺了。想到詩人在那樣的情況之下，還願意援筆寫詩，寫的已是心中的丘壑了。源自心中的不平與悲憤，留下文字，或許委婉曲折，或許斑斑血淚；後人將在字裡行間仔細尋索，或喟嘆或共鳴。縱然時空距離遙遠，卻仍舊是一種相知相惜。若得如此，

詩人也該覺得安慰了。

人世間處處有缺憾，誰能真的一帆風順呢？那幾乎是個不可能的神話。詩人一生的坎坷鑿痕，對我們也是一種很好的鼓舞與慰藉，但願也能不屈不撓，勇往直前，以不負此生。

歡喜時讀詩，憂患時讀詩。有詩卷相伴，晨昏相隨，我的人生也如歌。

我在燈下讀詩，讀詩人的寂寞，足以忘卻了一己的憂愁，我的心得到了撫慰，怨懟平息，另有一種充實與坦蕩之美。

泰戈爾的詩

泰戈爾的詩，喜歡的人很多。

我尤其喜歡他的這一句：

願生如夏花之絢麗，死似秋葉之靜美。

其實，生死都由不得我們。我們應該珍惜和善用的是由生到死的過程，希望毋忝所生，更希望活得有意義和價值。

當我們向前看的時候，人生是漫漫長途，是多少日子的堆疊而成。回顧的時候，卻讓我們心驚：果真短如一瞬啊，多少歲月早已如飛的逝去，再也追不回來了。彷佛生命竟是這般的虛度，不免要害怕起來。

我太在意要活得有意義和價值。不免孜孜矻矻，不敢掉以輕心。可是，一切都

得等到生命最後的一刻，我們才能明白今生的功與過。

好好的過日子吧！生如夏花是美的，死如秋葉又何嘗不美？

如果能美美的活著，又美美的死去，還是令人羨慕的吧？

我愛格言

格言猶如金玉良言，多的是人生規範，行事待人的準則，道德修養的標的。

有人在臉書上說：「大家很喜歡看正向的格言，可是又未必做到，所以，格言永遠只是格言。」

可是，坦白的說，格言對我是有效的。我總是非常努力的學習，希望能逐漸的向著格言靠攏。雖不能至，心嚮往之。

我這麼說，於是博得了「高度自律」的美名。

仔細想來，我的確從來是律己嚴格的。長大以後我去教書，更是力行「教育無他，唯有愛和榜樣而已」。

學生們遇到這樣認真以赴的老師，恐怕也覺得很無趣吧？

不過，我的學生倒是很乖的，很少讓我生氣，還為我的教學生涯留下了許多溫馨美麗的記憶。點點有如星光，繽紛了我所有過往的夜空。

如今回想，我有多麼的感激。

人間情味

生活原本平淡，就像一杯白開水，沒有什麼滋味，卻有益健康。

有人說：生活美如詩篇。我以為，那是高調。柴米油鹽醬醋茶，只讓人感到疲憊。詩，會在何處呢？

有一天，我坐在公園的石椅上休息，因為我剛走過長遠的路，覺得有些疲乏。

我無意間看到有個小姊姊正引領著她的弟弟溜滑梯。

弟弟很小，很怕。小姊姊努力在安慰他，鼓勵他：「很安全的，沒有問題，你一定可以的，而且，好好玩啊。」

弟弟終於順利的從滑梯上溜了下來。

小姊姊興奮的又叫又跳，還高舉著勝利的手勢，向著弟弟飛奔而去。

連我也忍不住笑了起來。

生活縱然無趣，人間的情味卻如此雋永，時時盈滿我胸懷。

樂觀以待

我到社區小商店買些日用品，這家店開了幾十年了，偶爾老闆不忙，我也跟老闆說說話。

今天，我跟老闆說：「我覺得，每個人的命都差不多，各有各的難處。只是，有些人你明白，有些人不肯說而已。」

老闆說：「看來，你比較樂觀。一般來說，樂觀的人只有三成，悲觀的人卻占了七成。悲觀的人總是抱怨自己的命不好，身體不好，病痛太多。卻不知道，有更多的人更為坎坷，身體更糟，病痛更加嚴重，甚至臥床，不能自理……」

「這麼怨天尤人，恐怕離快樂更遠。」

「的確，不快樂的人更多。」

如果，滿街走來走去的，多的是不快樂的人，那樣的愁眉苦臉，那樣的怨氣沖天，恐怕別人的心情也會受到影響吧？散播不快樂，我以為也是一種不道德，應該要罰錢。

希望你也是一個樂觀的人，珍惜所有，活在當下。

學習付出

英國的知名政治家邱吉爾，曾經說過一句話，我很喜歡。

他是這麼說的：

我們靠所賺取的，維持生活；

我們靠所付出的，造就人生。

人活著，必須要有基本的生活所需，所以，我們要認真工作，來養活自己和家人，不宜成為社會的負擔，這是最起碼的責任。

然而，行有餘力，我們就要付出，去幫助別人，去鼓勵別人。如果，你跟我說，「可是，我沒有錢，沒有能力，我無法布施。」

我以為，「只要心存善念，即使微笑，也是美麗的布施。」

這麼說，其實，健康很重要，有健康的身體可以做很多有意義的事，以免心有餘而力不足。

任何的付出，只要不求回報，都是讓人稱揚的。

所以，有人去當志工，有人甚至遠赴國外當志工，真是令人佩服。

只要是付出，不分難易和大小，都讓個人微小的生命變得更有價值。

所以，我們要學習付出，讓行善成為日常。

是誰叩響了我的心弦？

是什麼能叩響我的心弦，引發共鳴呢？

我想，那必然來自真誠與愛。有了感動，便也引發了共鳴。好書，好人，好典範……都是。這是一個讓我們學習的年代，只要我們認真尋求，見他人有一言之善、一行之美，都是我們效法的對象。向著美善的目標前進，經由長年的薰陶，在日積月累之後，我們益發溫柔敦厚，成為謙謙君子，讓人即之也溫。

平日你能獨處嗎？一個人的時候，你都做些什麼呢？

在瘟疫蔓延的時刻，人多的地方不宜前往，密閉式的空間，尤其被認為不穩妥。這時候，家，反而成為溫馨的所在，也是相對安全的地方。

和家人在一起，以彌補平日因工作的忙碌所造成的疏離和誤會，也讓彼此的感情可以更加融洽。

和自己在一起，做自己喜歡的事。或閱讀寫作或靜坐沉思或研究食譜或下廚烹

調。為生活中增添了許多驚奇和歡喜。即使無所事事，也會感到很開心。做什麼，或不做什麼，都很好。

做一個真誠的人，成為一個有能力愛人的人，這從來都是我對自己的期許。那麼，在這人生的漫漫長途裡，我做到了多少呢？其實我並不知道。

也無須知道吧？至少，我一直是努力的。

到底，是誰叩響了我的心弦？我想，那一定是美善了。

過快樂的日子

有快樂的心，走快樂的路，過快樂的日子，一直是我身體力行的。

人間的苦太多，請記得，不要把自己的快樂也賠了進去。

每天，只要一打開電腦，負面的消息多，相形之下，想要快樂變得困難。我算是自覺得早，家裡沒有電視，因此，反而有時間讀書，或做一點自己喜歡的事，自由自在，我也覺得很好。

朋友們對我的禁絕電視，有些是很有意見的。他們總要說：某些電視節目還是很優質的，不看，多麼可惜。

我卻覺得好看的節目不是那麼多，爭奪、怒罵，假消息滿天飛。不知道，或許也是好的。

於是，我清靜的過生活，果然快樂多一些。

如常，是幸福

打電話給朋友。

我問：「最近好嗎？」

她說：「還不是一樣，一切如常。」

「如常，就是幸福。」

當日子能走在既定的軌道上，工作、休閒、運動、聊天……看似尋常，其實有多麼的幸運！有多少人冀求這樣的生活而不可得。可是，我們都把它看得太輕易了，未必確切感知一己的幸福。直到有一天，我們病了，起不來。或者，我們的家人有了意外，需要照料……天啊，那真是雞飛狗跳，淩亂失序。還有，心裡的擔心無法訴說。

那時候，我們就知道，生活如常，有多麼的幸福。

我的朋友得了癌症，是胃癌，偏又沒能早期發現。往後就在醫院裡進進出出，就醫、化療，走過一個又一個的療程，心情，哪會好？

她跟我說：「想起以前，出國，尋幽訪勝，到處去玩，平日還打球，游泳，有多麼快樂！現在都不可能了。」

「等你好了，就可以回到從前。」

她說：「恐怕很難。」

果然，她終究不起。

這也提醒了我：健康，多麼值得珍惜。在軌道上的日子，都是幸福。

part 2

珍惜相遇

越是短暫的停留，
越令人想要挽留，
稍縱即逝，
多麼令人為之扼腕啊！

珍惜相遇

心語錄

不只是豔豔的山茶花美，更美的是我們的青春。
青春明媚照人，神采也動人。

越是短暫的停留，越令人想要挽留，稍縱即逝，多麼令人為之扼腕啊！

過度的憂傷會摧毀我們的信心，徬徨無依，讓我們失去前行的方向，甚至，
我們在流淚裡，不思振作，只想得過且過。

分享快樂，遺忘痛苦，這是我們每個人都該學習的功課。

人生是苦樂參半的，甚至苦多於樂；可是，我們唯有平靜接受，才能另作圖謀。

如果老是為了人生的苦而自怨自艾，怨天尤人，那麼苦會消失或減少嗎？說不定因為自己的在意，反而經常縈繞於心，受到極大的困擾和憂傷，想要擺脫，就更加不易了。

如果，想讓快樂像花朵的芬芳散播在每一個角落裡，那麼，分享是捷徑。分享快樂，分享愛，世界多麼美好。

其實，我們要讓心如天空，就不要為明日憂慮。負面的思維，會讓我們更加的不快樂，甚至不知不覺的，陷入了更大的挫敗之中。

那些越想越糟的事情演變，真的會發生嗎？其實未必，可是已經自己嚇自己了。長此以往，只怕已然陷在低谷的心緒攀升無望，唯有沉淪一途了。真令人為之扼腕嘆息啊！

就努力讓我們的心像天空一樣的廣闊吧，雲來也好，雲去也行，閃電打雷也罷，終究很快就會過去了。然後，天空依舊一望無垠，藍藍的天空，正像海洋一般的寬大明朗。

寬廣的天空無所不包，卻從來不受任何局限，希望我們的心也是如此。

如果我們有心向善，也是越早越好。心中的菩提，如果能更早加以護持，相信會開出更美的花，結得更甜的果。那樣的好處，也會是雨露均霑的。

記憶，從來都是人與人之間最深的牽絆。牽絆，或許有甜蜜也有感傷，正因為那許多共同的記憶我們曾一起走過，悲歡與共，所以彌足珍貴。

世間人百百種，莫忘「世上苦人多」。是那一點悲憫之情，惻隱之心，讓我們願意苦人所苦，也讓我們在世紀的風寒中，願意給予一點關懷和溫暖。

當我們看到草綠了，花紅了，水柔了……我們便知道春天的來臨。
可是，如何知道愛？
愛，也需要表達，讓對方明白。

善待他人，最珍貴的，在於心存慈悲，願意己溺溺人，己達達人。慈悲也是火種，可以帶來希望、光明和溫暖。

每一次的重擊，每一回的失去，都教會了我們堅強和勇敢，讓我們更有勇氣面對未來，更有力量迎戰許多的橫逆。

吃西瓜的季節

夏天到了，高溫讓人望而生畏。

夏天的好處是又到了吃西瓜的季節。清熱，消暑，喜歡西瓜的人很多。

有一年的夏天，一個下午，我和媽媽一起吃西瓜。其他的人都不在，或許上班上學去了？

吃西瓜也很忙啊，我邊吃西瓜邊吐出西瓜籽，終於吃完了，卻看到媽媽好端端的坐在對面，原來，她早已吃完了。我突然發現，她面前潔淨一片。我問：「那你的西瓜籽呢？」

「都吃進去了。」

「難怪吃得那麼快！媽，你應該去參加吃西瓜比賽啦，說不定還得獎有望。」我嘻嘻哈哈的說。

媽媽的胃口不好，愛吃的東西不多，水果多一些。如：文旦、荔枝、枇杷等等。

有一年暑假，爸爸和我赴美探望弟弟、妹妹，媽媽獨自留守台灣，我們不放心，常會打電話給她。有一次，她說，她正在吃芒果，芒果好好吃……

我跟媽媽的感情很好。我雖然寫了很多書，可是，我很難寫她，她幾乎是零負評。優點太多，缺點太少，寫起來很不立體，也不容易取信於人。

不過，我還是很高興，今生得以和她相遇，由於她的疼愛和帶領，我因此擁有了一個不同的人生，多麼令人感恩。

有的愛，來自沉默

我在書上，讀到他寫自己的父親，有著感人的描述。

由於他的父親患有重聽，始終沉默寡言。父子共處四十年的溝通，無聲勝有聲。世界上，最懂你的，是不用說話也知道你在想什麼的人。

的確，愛有各種表達的方式，然而，有的愛，來自沉默。尤其是父親。

我的父親也是沉默的。

他守護家，守護妻兒，卻未必多言。他在沉默裡，或認真工作或靜靜的陪伴和聆聽，恐怕也帶著幾分寂寞的心情吧？

只是，這樣沉默的愛，兒女夠細心，能體會嗎？

一起長大的朋友

我們在年少的時候相識，是同班同學。

她是父母偏憐的么女，我是老大。

在她之上有三個哥哥、兩個姊姊。想來父母生她時，年歲已然不小，她未及成年時，父母就相繼過世了。她的書讀得非常好，大學畢業，教書沒幾年就結婚了。她來看我，曾經跟我說：「因為父母都不在了，所以，結婚也是人生的歸宿。」

後來她移居美國，有兩個女兒，也都優秀。

在異地生活辛苦，初到美國時，先生還在讀書，她得帶孩子，還要想法子幫忙家計，十分辛勞……還好一切都過去了，她回台探親，我們曾見過幾次面。

媽媽也認識她。

有一次，想起她，我跟媽媽說：「看來，她到美國，最大的好處是兩個女兒都讀了很不錯的大學。」

媽媽卻說：「如果她在台灣，她的兩個女兒也都進得了台大。可是，她在台灣，能保有教職，有自己的工作，對她會更好。」

人生很難事事完美，大致過得去，就很好了。我是這麼想的。

祝福她，永遠健康快樂。

山茶花

還記得，大學快畢業的時候，或許是因為離情依依，每天都和室友外出，四處拍照。此地一為別，孤蓬萬里征。再相逢，不知何年何地？

真的，那時候，拍了很多的照片。畢業以後大家各自去教書，朋友們如芒花的四散。

幾年以後相遇，有人提起，在那許多照片裡，有一張，每個人隨意的在髮間、耳際斜插著山茶花，分坐在高高低低的石階上，他們說，那一張最閒適，也最美。

其實，我知道，不只是豔豔的山茶花美，更美的是我們的青春。

青春明媚照人，神采也動人。

如今，年年山茶花開，年年依舊有賞花的遊人絡繹於途。然而，我們的青春已經渺不可尋了。還有當年一起賞花一起談笑，曾經青春作伴的朋友們，是不是都還安好呢？

牽牛花

我喜歡牽牛花，在鄉下常見她的身影。

紫色的牽牛花，帶著些許神祕，那顏彩和漏斗型的花形，我也喜歡。親和的面貌，隨處可見的身影，從不高傲，也是我喜歡的原因。

我更喜歡她的日本名字「朝顏」。源於在早上花開，過午就萎謝了。花開的時間這麼短，讓人想到青春、韶光，彷彿世間所有美麗的東西都無法久留，不免心生惆悵。

越是短暫的停留，越令人想要挽留，稍縱即逝，多麼令人為之扼腕啊！

牽牛花是屬於鄉野的，善於攀爬，所以樹上，牆上，屋頂上，都可能出現她的蹤跡。地狹人稠的都會區，很少見到牽牛花，或許牽牛花也喜歡清靜而不愛喧嘩吧？

我的好朋友在國中教書，班上有個小男生頑皮到不行，老是惹禍，大過小過不斷，令她傷神。教了三年，終於畢業了。畢業典禮時，小男生送了她一束綁好三朵的牽牛花，還有一張紙條，上頭歪歪斜斜的寫著：「謝謝老師牽了我三年的牛。我沒有錢買禮物，就送老師三朵牽牛花。」這是我聽過最動人的牽牛花的故事，是不是也感動了你呢？

你也喜歡牽牛花嗎？

寬慰的話

我的好朋友要進行一次重大的手術之前，她的表弟特地前來看她。

表弟曾經因僵直性脊椎炎而開刀。表弟跟她說：「不要冀望手術後能讓你重新回到從前，那幾乎是不可能的事。只要通過手術而得到一些改善，讓生活還能自理，這樣就很好了。」

如此一番寬慰的話，後來都發揮了很大的作用。

沒有抱怨，沒有訴苦，她扛下了所有的不適，努力讓人看到的是她微笑的臉。

能做到這樣，何其不易！

不讓憂傷擊倒

過度的憂傷會摧毀我們的信心，徬徨無依，讓我們失去前行的方向，甚至，我們在流淚裡，不思振作，只想得過且過。

也會有人前來安慰，然而，安慰的話語單薄。她心想：「他們不曾經歷那樣的痛，恐怕也不知該如何出言撫慰吧。」

半年過去了，她知道自己不能再這樣下去了，除非她想要離群索居，和外界完全隔絕。有時候，天氣還不錯，她便勉強自己到外頭走走，曬一曬太陽，她覺得自己的心情也溫暖了一些。有時候她去圖書館，沒有借書，只是隨意翻一翻雜誌，那些繽紛的顏彩和圖片，也讓她記起了久遠以前曾經有過的歡笑。

一年過去了，她逐漸重拾起閱讀的樂趣，她想，也許她可以利用假日到圖書館跟小朋友們講故事，她曾經有過這方面的訓練，只是如今想來，此調不彈久矣。

她讓生活慢慢回到正軌，憑藉的是對閱讀的熱情和分享的快樂。

從小她愛看書，可是，她一直覺得，閱讀畢竟是私密的，個人的。沒有想到在她遭逢人生不幸的時候，能讓她不被憂傷所擊倒，真正挽救她的，竟然還是書。書，成了她此生的恩人，真是始料所未及。

分享快樂

分享快樂，遺忘痛苦，這是我們每個人都該學習的功課。

人生是苦樂參半的，甚至苦多於樂，可是，我們唯有平靜接受，才能另作圖謀。如果老是為了人生的苦而自怨自艾，怨天尤人，那麼苦會消失或減少嗎？說不定因為自己的在意，反而經常縈繞於心，受到極大的困擾和憂傷，想要擺脫，就更加不易了。

我有個朋友在遭逢不幸半年以後，終於決定走出家門去當義工。他跟我說：「當義工以後，有機會接觸更多的人，我才發現，每個人的背後都有沉重哀傷的故事。和他們比起來，我的遭遇還算是好的。」他從幫助別人中得到快樂，也淡忘了自身的痛苦。

所以，快樂之於分享，因為有加乘的效果。至於痛苦，既然不會是世間最不幸的，那麼就忘了吧，這也是善待自己的方式。

如果，想讓快樂像花朵的芬芳散播在每一個角落裡，那麼，分享是捷徑。

分享快樂，分享愛，世界多麼美好。

微笑，如花之綻放

你喜歡微笑嗎？你經常微笑嗎？

我以為，世間的每個女子都是一朵花，而微笑，正如花之綻放。

她去探望朋友，朋友正為事情煩憂，沒有表情的臉，更顯得憔悴。她回來以後，打電話跟我說：「人一旦有了歲數以後，不笑，還真的是很難看呢，顯得老氣多了。」

我說：「你哪裡需要擔心這個？我看你旅遊中的照片，張張都笑容可掬，開心到不行。」

她回說：「我真的喜歡旅遊，不必燒菜煮飯，還可以天天玩，多麼讓人開心。如果時間久一點，我還可能胖個一兩公斤回來。」

不只遊山玩水，快樂無邊，還能讓原本嫌瘦的她增胖有望，簡直是一樁美事，收穫滿滿。

面帶微笑是善意的表達，也像花朵的綻放，讓世界更加美麗。

為此，我也提醒自己：要常微笑。

唉，需要這樣的提醒，是不是意味著我早已不年輕了？青春已然消逝，微笑成了我的妝扮？

心如天空

我們的心，能不能也像天空一樣的寬廣呢？

她是我的朋友，個性很容易緊張，或許是求好心切，有時候也不免太焦慮了，由於慮患過深，竟然出現了負面的思維，讓人有點擔心。

其實，我們要讓心如天空，就不要為明日憂慮。

負面的思維，會讓我們更加的不快樂，甚至不知不覺的，陷入了更大的挫敗之中。

那些越想越糟的事情演變，真的會發生嗎？其實未必，可是已經自己嚇自己了。長此以往，只怕已然陷在低谷的心緒攀升無望，唯有沉淪一途了。真令人為之扼腕嘆息啊。

就努力讓我們的心像天空一樣的廣闊吧，雲來也好，雲去也行，閃電打雷也罷，終究很快就會過去了。然後，天空依舊一望無垠，藍藍的天空，正像海洋一般的寬大明朗。當我們仰望天空，心情也會跟著好起來了。

寬廣的天空無所不包，卻從來不受任何局限，希望我們的心也是如此。

宛如天籟

她是我的大學同學，有極好的聲音，溫柔清雅，宛如天籟。我們都羨慕極了。

可是，她對自己的聲音卻不喜歡，一點都不喜歡。

為什麼呢？她不想要一個跟別人不一樣的聲音，她恨不得把那樣的聲音完全隱藏起來。

畢業以後，她去教書。在我們看來，可惜了那樣美好的聲音。這不是大材小用了嗎？不過話說回來，她的學生可真有耳福呢！

五十歲時，教書的我們紛紛退休，因為那時候流浪教師到處是，我們覺得應該把位置讓出來，給更年輕的老師們有一展長才的機會，教育界也需要新血輪。

有一天，她跟著其他的同學一起來我家玩。

我們隔著餐桌，就坐對面，可是，她的聲音我完全聽不到。怎麼會這樣？她只好走到我的近前來說，聲音細碎而微小，距離昔日的美好，有多麼的遙遠。

從此，我開始關心她的聲音。每次遇到相熟的同學，我總要問及她的聲音好一些了嗎？

如此也過了很多年。

最近，有人告訴我，她的聲音已經回復到從前的美好了。真的嗎？多麼替她感到高興。

今天想起她，便打電話給她，聲音還是沒有好，我有一點沮喪。

她說：聲音是時好時壞的。我真心希望她再繼續調理之後，能恢復舊觀。

你不知道，她以前的聲音有多麼好聽，溫柔清雅，宛如天籟。

學日本舞

她是我的好朋友同春。剛退休時，她去學跳日本舞，女兒玫芳也很有興趣，於是母女同行。

畢竟玫芳年輕活潑，學得又快又好。玫芳長得甜美可人，加以體態婀娜，舞姿曼妙，立刻成為台柱。同春由於有女兒可以仰仗，她只要依樣畫葫蘆，也都可以順利過關。

有一天，玫芳有事請假，結果大家都呆立原處，竟然沒有人知道該如何跳？這件事讓她心生警惕，務必靠自己。哪能靠別人？即使是女兒。

玫芳要教書，後來結婚了，有了一個兒子，時間越來越不夠用，當過理事長以後，就退出了。同春學日本舞仍然持續，也依舊有日本老師每月南下來教。只是，同春要和銀子姊一起去學，她和銀子姊都住麻豆，彼此也相熟。

銀子姊大同春十來歲，人很熱誠親切，平日對同春也多有照顧。同春比較年輕，老師先教她，還要她負責把銀子姊教會。同春努力記住每一個舞步，甚至，遇到新曲子時，先去查出歌詞，再譯成中文。她跟我說：「總要知道是什麼意思，跳起舞來，才能更符合詞中的涵義。就算有所發揮，也還不至於離譜。」看來，她學得很認真。

這樣的自立自強，讓她學跳日本舞也頗有心得。

最近，她還跟銀子姊受邀上舞台表演，很獲好評呢！

玫瑰朵朵

她們約好了一起來看我。

她給我看，她送我的禮物。除手工肥皂以外，還有一袋自己做的饅頭。

一打開，天啊，每個饅頭就是一朵玫瑰花，分別是黃玫瑰、粉紅玫瑰和深紅玫瑰。大家都驚呆了，不知道學理工的她是怎麼「變」出來的？

聊天的時候，她突然問我：「老師喜歡吃粽子嗎？」

那天是七月二十日，端午節早已過去，中秋節還沒到，難道她指的是明年的粽子嗎？由於意向不明，我沒有回答。

然後，大家七嘴八舌談起粽子的事。天啊，這優雅的理工女子，在退休以後，大展手藝，聽說還會包出大家讚不絕口的「南部粽」，我一聽，手續極為繁瑣，然而，好處是每個細節都令人放心，這是自己包粽子的珍貴之處。

看來，她在退休之後，活出了另一個快樂人生。

去跳舞，都是社區裡的姊姊們，還穿著很潮的短短舞衣上台表演，給我看她手機裡的照片，我問：「你在哪裡？」

「就在邊邊，沒有照到。」

假日，陪丈夫爬山，孩子也大了，有三個兒子。喔，原來，她住在「男生宿舍」裡，是尊貴的「一代女皇」。

女皇還多才多藝，太了不起了。她是徐秀連。那天是我們別後的第二次見面。

我環顧眼前的四個熟女，她們都有著各自的芬芳，也都是我心目中美麗的玫瑰。

姊妹花

她們是一對姊妹花，先後成了我的學生。姊姊活潑，妹妹安靜。

我教姊姊國文，教妹妹歷史，有節數上的不同。多年以後談起來，才知喜歡文學的是妹妹。

她們除了第一次一起來看我以外，妹妹曾經多次一個人前來，盡興而回。事後，姊姊知道了，總要說：「怎麼不約我呢？下次要記得約我啦！」這次，也是妹妹一個人來，因為姊姊還在國外旅遊未歸。

我覺得妹妹比較喜歡一個人來說話。其實姊姊也可以一個人來啊，為什麼原本就個性活潑的她卻非得要找一個伴同行，才肯前來相聚呢？

會不會姊姊以為我比較喜歡妹妹？還是她需要妹妹幫忙壯膽？

其實，妹妹總是在我的面前稱讚姊姊一家，姊姊有多麼能幹，兒女有多麼優秀，簡直用盡了天下的好詞來形容。

妹妹是很愛姊姊的，姊姊知道嗎？

讓世界變得更好

當我明白，所有的情緒都會相互感染，那麼，一己的苦樂也會和他人息息相關。既然是這樣，我們更要時時心存善念，口說善言，多行善事，並且經常表達自己內心的感恩。不知感恩的人，自私，倨傲，恐怕也隱藏著自卑。經常扭曲的心思，讓他成為一個格格不入的人。他會快樂嗎？只怕距離更加遙遠。

感謝我是個性情溫和的人，儘管人生平凡，資質也普通。但是，經由不斷的學習，慢慢有了一些進步，知道自己逐漸向著更好的方向前行，足以令人開心。我別無所求，但願不忘時時與人為善。我以為，能這樣就好了。

學習要趁早，發心更要早。

教書時，我發現，我的雙胞胎學生好會掃地，總是掃得又快又好，一塵不染。後來才知道，原來，這對雙胞胎姊妹每日晨起先要打掃庭除，然後才能到學校讀書。日久天長，訓練下來，已經成為掃地的箇中好手。請別說掃地只是小事，對那從來不曾好好掃地的人來說，東掃西掃，不得其法，即使掃得汗流浹背，就是掃不乾淨。

所以，如果我們有心向善，也是越早越好。心中的菩提，如果能更早加以護持，相信會開出更美的花，結得更甜的果。那樣的好處，也會是雨露均霑的。

讓世界變得更好，一直是我們共同的心願。那麼，就讓我們盡早一起出發，努力向著美善的大道走去。

歡喜相逢

我和欣燕不相見有多久了呢？恐怕都有四十年了。

她曾經是我課堂上的學生。

打從她國中畢業以後，如雲的紛飛，再也不見芳蹤。後來，也是很多年以後，連她的孩子都很大了，我們在臉書上相遇。她說她想來看我，我說好啊；然而，我很快的發現，她住在台南，有一點遠。我有些遲疑，她卻說：「比起美國，台南距離台北很近了，高鐵又這麼方便。去看老師一直是我的心願。」

好吧，既然她都這麼說了，那麼，歡迎光臨。

人來了，漂亮又能幹，把我嚇了一大跳。

台南的豔陽灼人，不是出名的嗎？她卻白皙可人，真不知是怎麼一回事？投身職場，進入婚姻，其間有太多的紅塵試煉，能平安走過，又哪裡會是容易的呢？我想，是她寬闊的胸襟，所以才能容納世間的諸多悲喜吧。的確，如今的她早已長大了很多，美貌和智慧兼具，連我都看得目瞪口呆。

她還親自示範平日的運動，如瑜伽，招式太多了，看得我眼花撩亂，都記不起來。只好笑稱：「人家的健康美麗是有原因的啦！」

美女，當然是漂亮的，更厲害的是她手作的精采，送了我兩個自己做的掛勾，還有自製的咖哩醬及其他食品，顯然廚藝亦佳。

很高興，我的學生能變得這麼好，青出於藍而勝於藍太多，這才是我最大的歡喜。

想來，歲月還真的是有魔法的。曾經年少的學生變聰慧了，相形之下，當年的老師反而笨笨的，什麼都不太會。

下午三點多，她離去，我竟然覺得她的來去有如一場夢，彷彿不是那麼的真實；然而，當我看著那兩個美麗的掛勾，我們的確歡喜相逢，就在這麼一個有著陽光溫暖的冬日裡。

長大以後的他們

朋友在台北某明星高中教書。

我問：「這麼優秀的孩子，長大以後，都從事哪一行呢？」

她說：「醫生很多，律師很多，還有企業主。」的確這些資賦優異的孩子，注定了飛黃騰達。

她卻說：「我姊教國小，我覺得更好。長大以後的小孩，更能夠照顧老師的生活。她有個學生在市場賣菜，經常送她各種青蔬，還隨著節氣而變換。」

我想到我的好朋友，有一次在路旁看到有人賣蒜頭，便說，「要買半斤。」只見對方立刻埋頭挑揀，也不知是怎麼一回事？不是隨手秤個半斤就好了嗎？

旁邊有個顧客看到，立刻明白：「你把大的挑出來？那，我也要半斤！」

對方終於抬起頭來說：「那是給我老師的！」

原來是遇到了當年的學生！

好有趣。

我聽了都好感動。

其實，半斤蒜頭也不值什麼錢，然而，當年課堂上的好緣畢竟結出了好果，令人覺得溫暖。

開心果

她是我們的開心果。

只要她在場，舉座皆歡，總能帶給我們很多的快樂。

我曾經是她課堂上的老師。畢業多年以後，她第一次來看我，是和她的好朋友們一起來。

臨離去時，她一馬當先，飛奔而出。這是怎麼了？好像是重獲自由一般的歡欣鼓舞，一下子就不見人影了。其他的人還跟我殷殷話別，相互擁抱。當大家都離開了，她又跑回來，要求補一個擁抱。

又有一次，她跟我們談起她高中通勤上學的往事。

搭客運車上學，其實是辛苦的。上學時，人擠人，有時還擠不上車，得等下一班，鄉下地方車班少，就怕遲到。放學時，由於回家沒有那麼緊迫，情形就好很多。

有一次，也是放學的時候，人不多，有位子坐，心裡大為高興。後來，不知怎麼的，也許是一個大轉彎，居然從座位上被震落到地上，跟她一起搭車的好朋友居然毫無反應，枉費她使了許多眼色，全無效果。最後只好靠自力救濟，好不容易自己爬起來，自覺灰頭土臉，自尊心大大受損。如此出醜，少女心很受傷。從此寧可換搭別班車，直到兩個月以後，換了司機先生，才重回原先的班次。可憐她的好朋友日日相陪，還不明就裡，我以為：好朋友才是無妄之災。

距離事發當時，都幾十年了，終於真相大白。她的好朋友跟我說：「我完全不知有此事件發生，難怪那時有好多天她沒跟我說話！」

少女心是玻璃心。她以為，司機先生會牢記她的狼狽嗎？恐怕全世界只有她自己才會記住吧？

每次開心果來玩，一起來的都是美女，後來我才曉得，國中時，她們那一班是個美人窩，即使今天畢業多年，依舊個個顏如玉，真是不可思議。

有一陣子，聽說開心果在減重，我看到她在臉書上的照片，似乎頗有成效。其實，我的看法是：健康第一，胖一點或瘦一點，都無妨。

只不知，開心果是否聽得進去？

跟美同在

美，可以是教育，影響深遠。

美，所帶來的不只是悅樂，也可以是療癒，可以是物理治療，甚至帶來意想不到的經濟收益，逐漸改善了原本困窘的生活。

她是一個花藝老師，起初是來自於耳濡目染。母親是她的啟蒙老師，從小她跟著母親在花藝教室中進進出出，母親教學，她在一邊玩。花很美，五彩繽紛，十分迷人，她也一直是喜歡的，所以，因緣際會的，她在很小時就開始學著插花。或許，她只是好玩，當遊戲吧？也果然玩出了興趣。長大以後，她甚至到國外進修花藝以及相關的延伸學習，她才發現，原來，這條路比她想像中還要來得寬廣、遼闊和有趣、迷人多了。

她開始對花藝有很多自己的想法，甚至努力把花藝和生活結合起來。不必一定要花很多的錢，去買新的花器，可以利用家中原有的瓶瓶罐罐，甚至碗、杯子以及其他不用的容器，想個法子讓它們都變身花器，省了錢，還獨一無二，真是太好玩了。

也不一定要鮮花。乾燥花，吊飾，胸花……都可以拿來變一變，人稱她是「百變女王」，這話也不假。她的想像豐富，點子也多，這都成為她無限創意的來源。

她還出書，接受訪問，四處結交朋友，很開心。她覺得，今生能跟美在一起，恐怕是上天給予最大的祝福了。

如果失去記憶

如果失去記憶，尤其是全部的記憶，生命對我將不再具有意義。一旦如此，不必見面，無法敘舊，過往的一切都早已隨風逝去，我們只是陌生人，沒有交集。

記憶，從來都是人與人之間最深的牽絆。牽絆，或許有甜蜜也有感傷，正因為那許多共同的記憶我們曾一起走過，悲歡與共，所以彌足珍貴。

如果，再也沒有那些記憶呢？我簡直不敢想像。

當他是個少年時，有一次他外出，橫過馬路卻出了大車禍，昏迷了三天才恢復意識。受傷的肢體在幾個月後逐漸康復，他重回學校，叫得出老師同學的名字，功課也很快的跟上進度，他也覺得自己很幸運。然而，有一天，他發現他失去了八歲以前的記憶。他看到自己兒時的照片，可是，他完全不記得了。回醫院檢查，卻說是正常。到現在，他早已長大，成了醫生，但是失去的記憶並沒有回來。

他算是幸運的，只是失去了一部分的記憶。而且隨著年歲的增加，失去的比例還會逐漸變小，或許，這也是上天對他的疼惜。

說真的，我很怕失去記憶，更怕失去所有的記憶，當然，恐懼未必成真，無須自己嚇自己。如果真要失去記憶，畢竟也由不得我；我也願意相信上天自有安排，必有其深意。

你有讀書嗎？

我在車站的候車室小坐，因為我要搭的班次時間還沒有到。

坐在旁邊的人，是個中年女士，跟我閒聊。

她第一句話就說：「你有讀書嗎？有高中畢業嗎？」我只好點點頭。

她又說：「看書很好，你在家要看書啊。」我再點點頭，真心希望書中有黃金屋，還有千鍾粟。那麼，就太幸運了……

原來，她是一個教人跳舞的老師，難怪如此開朗大方。

我很好奇：「現在，還教舞嗎？」

「已經十多年不教了。我現在都在唱卡拉ＯＫ。」她歡喜的說，也的確是個活潑的人。

她還送了我一本小書，是聖嚴法師的《方外看紅塵——自我成長》，聖嚴師父是我很景仰的師父呢！

終於明白，她為什麼要問我：「你有讀書嗎？」非得識字才能讀得懂這本冊子。
謝謝，我的確識字，在家也常看書，我很乖。

人生中的偶遇

在我很年輕的時候，因著特別的機緣，我曾經跟一位教育界的前輩聊天。他的辦學經驗豐富，有目共睹。我雖然教書算是認真；然而，到底年少，人生的經驗微薄。

可以談，是因為我們都站在教育的崗位上，有著熱誠和夢想。只是，他談的是實務經驗，我說的全然只是理論。理論和實務可以相互闡發，且互為表裡，所以相談甚歡，是一次很有趣的聊天。

很多年以前，我跟朋友到大畫家于彭那兒聊天，也聊得很開心。

其實，于彭說畫，我說書，交集點是在創作。畫家以線條和顏彩來訴說他對人生的看法，作家以文字和情節來表達內在的思維。縱使表面上看來有些距離，然而，所有創作的艱難和困境是很雷同的。所以，雙方也都覺得有趣。

很不同的見面，在我，卻都是收穫豐美。

不可置信

那時候，我還在教書。

有一天，聽一個深夜的廣播節目，大概是凌晨一、兩點。突然聽到電台的主持人說：「現在為你讀一篇琹涵寫的文章……」我覺得好驚訝，或許由於意外，我連反應都來不及。

我想，如果主持人知道，琹涵正在一旁安靜的聽著，說不定更會覺得不敢相信吧！

很久以前了。有一個黃昏，我正好站在重慶南路金石堂書店新書陳列的地方。然後，有兩個北一女的小女生背著書包進來，有一個剛好站在我的旁邊，立刻驚呼起來，說：「琹涵又出新書了！」

如果，她知道站在她旁邊的是琹涵，會差一點昏倒嗎？

主編與總編輯

我問一個任職出版界的主編朋友：「你們出書的稿子從哪裡來？主編需要去找好稿子嗎？還是由總編輯將書稿分派下來？」

「兩種情形都有。」

我想了一下，說：「主編的提案，或許在開會時會被否決。如果是已經通過總編輯的那一關，或許阻礙會比較少。」

他說：「的確是這樣。問題是一般人不太有機會跟總編輯認識啊。」

我覺得，我認識的總編輯好像比較多。

很久很久以前，初認識時，他們都很年輕，也只是主編或編輯，但都各有特點。有的認真以赴，有的聰慧好文采，有的創意十足……都留給我很深刻的印象。當然，他們的表現很卓越，熱情而負責，個個都是人才。幾年、十幾年或幾十年以後，他們都成了傑出的總編輯，個人頭上一片天，呼風喚雨，威震八方。

真是了不起。

他們都是我在人生路上遇見的榜樣，也給了我很大的啟發。

有些事不能了解

他是作家，也是我很敬重的文壇前輩。

他在電話中跟我說：「我給生病的文友寄了一本書，因為那本書上寫了她，然而，一直石沉大海。縱使她無法回音，難道她的丈夫就不能給個訊息嗎？」

她遠居國外，近年來病得沉重，這是我們都知道的。

我說：「如果她病重，丈夫恐怕沒有回信的心情。我記得，家母病危時，我也毫無心緒，所有的來信都收了起來，卻沒有力氣做任何的回覆。」

一旦跋涉在人生的幽谷，身心俱疲，何其艱難！還記得當時心中的淒惶，難以言說。

有時候，我們自認為理所當然的事，不過是舉手之勞，卻也可能是對方的絕大困擾，因為力有不逮。

世間人百百種，莫忘「世上苦人多」。

是那一點悲憫之情，惻隱之心，讓我們願意苦人所苦，也讓我們在世紀的風寒中，願意給予一點關懷和溫暖。

想來作家幸運，還不曾經歷過這些。因此有些事不能了解，也就不讓人覺得奇怪了。

或許，那也是一種讓人羨慕的幸福。

無言的感激

系裡的老教授要退休了，他才剛進來一年，平常跟老教授並沒有什麼交集，也不是那麼熟悉；但是他和太太準備了一份小禮物相贈，也不過是他和老教授的合照放大裝框，作為紀念罷了。

晚宴裡，他們聽到一個消息，非常的驚奇。去年系裡招教師，他遞了資料，這是一所知名的大學，想來這兒教書的人太多了，卻只有一個名額，勝算實在微小，不過總要試試。結果取了兩名，他幸運的入選。可是，如今聽起來，當初的確只有一個名額，是老教授堅持要他，理由是「他看起來很有福氣。」老教授還說：「讓他先進來，一年以後我就要退休了，我的位置給他。」同事們開玩笑的說：「哪裡需要什麼甄選？只要看看照片，誰有福氣就行了。」……太太將小禮物給了老教授，真誠的跟老教授說謝謝。老教授笑咪咪說：「我看你，就知道你有福氣。」此話聽在耳裡，傳言或許是真。

他以加倍的努力，不斷發表重要的論文、新創見、新專利……來回報老教授的知遇之恩。一位素昧平生的長者，卻願意把機會給了一個年輕人，他簡直無法訴說自己的感激，卻終生銘記，不敢或忘。

溫柔的朗讀

那年，她讀大學，在台北。

她感冒了，似乎很嚴重。室友們都是同班同學，有人替她熬煮稀飯，準備小菜，怕她胃口不好，吃不下。室友們還要排班，輪流到她的床頭來朗讀。或許是一首詩，或許是小說故事，也或許是溫馨散文、笑話……

很溫暖的，她記得。

可是，她感冒好幾天了，一直沒好。那時候，大家都只是十九、二十歲的大孩子，也不知該怎麼辦，後來打電話通知她的家人，爸爸第二天就從台中趕來把她接回家了。

回到家，她就在房裡躺著，繼母不加聞問，冷淡的氣氛，讓她更加懷念起宿舍裡大家為她所做的朗讀，是那樣的溫柔。

好多年了，那溫柔的朗讀，她從來不曾忘卻。

心中話，老實說

她有幾個學生時代的好朋友，多年來一直都有聯絡，隨著歲月的流轉，感情當然是很深厚的。

多半還是高中時的同窗，又是大學時的同班同學，情誼更添幾分。

那年，她讀大三，哥哥讀研一，爸媽曾經連袂赴美去探望在那兒讀書的大姊，預計會有一段時間的停留。有兩個好同學怕她會害怕，還特地住到家裡來陪她。

當然她是感激的。大家一起做餐，一起吃飯，也一起上學一起放學……

三十年後，彼此早已各有家庭。

多年以後，有一次在閒談時說起，她們終於誠實招認：那年來陪她，真正的原因是，她哥實在太帥了。

真是如此？她好吃驚。

天底下恐怕也只有她太天真了。然而，不也是這樣的天真，讓她更得周遭親友的深深喜愛？

吃素

素食或葷食，每個人都可以自由選擇，也各有好處，旁人無須置喙。

他在某國立大學教書，是知名的教授。有一年捲進了一場官司之中。勝負未卜，前景堪憂，多麼令人擔心。

在台灣，打官司是漫漫長途，一再的出庭，被問，還有一審、二審……不知吉凶，人是焦躁的。

學佛多年的妻子勸他吃素，他接受了。

官司打了五年，總算歡喜落幕。

幾年以後，妻子因為身體不好，為了營養均衡，醫生建議她改為葷食，所以妻子打算改吃葷，也問他，要不要也一起吃葷？

他不想。

他說，這些年來，正因為吃素，酬酢之間不方便，所以他的應酬因此大減，反而讓自己有更多的時間可以用來研究和寫論文，「失之東隅，收之桑榆」，簡直是個絕佳的例證，他覺得太好了。

吃素還有這樣的好處，真是意料之外。

原來，最近幾年，他在學界，能望重士林，聲望扶搖直上，備受四方矚目和推崇，竟然是這樣來的。

那家便當店

我畢業多年的學生常來看我，如果正好遇到用餐時間，就帶個便當來給我吃。

那是來自信義區的一家便當店。

我第一次吃的時候，是葷食，覺得很不錯，雅潔可喜。問了價錢，真心以為，是物美價廉。

有一次學生跟我說：「老師，那家便當店都沒開門做生意呢，不知為什麼？」

這次，她說：「那家便當店改做素食了。」

我說：「好，就帶個素食便當來吧！」

原來，那家店老闆的兒子出了車禍過世了，老闆哀痛逾恆，覺得做葷食，殺業太重，從此改成素食。

他家的素食便當也十分好吃。

我以為，這來自工作態度，認真的人做什麼都認真。

我有個同事書教得好，得過師鐸獎。有一次，被課堂上的學生氣死了，回辦公室，餘怒未息，說：「以後，再也不管學生了，統統不管了。」

此話當真？

不過是一時的氣話，哪裡會是真？過兩天氣消了，又是夙興夜寐，處處為學生忙了。

一個人要改變原本的個性未必容易。

那家便當店從葷食到素食，背後有一個哀傷的故事。我以為：願意接受素食，是慈悲的開始，其中也有著上天的美意。

它一直都保持了很好的口碑，顧客們有福了。

董娘念書去

她是董娘。貨真價實的。

別後多年，我在臉書上遇到她，但見她英姿煥發，健康又美麗，正在揮桿打高爾夫球。

那天，她們一群人來玩。

終於見面了，她跟我們說：就要去讀研究所了。

讀的，還是交大的EMBA。

真是厲害啊！可是，她那麼忙，哪裡有空？

她這董娘，年過半百，她說：公司已經上了軌道，也逐漸交棒，除非遇到難題，需要提出建言，其他並沒有事。

國中畢業時，住在偏鄉的她，境況並不好，家裡是不可能栽培女兒的。於是，她到台北來半工半讀，結婚後，做了幾年事，和丈夫自行創業，事業越做越大，還有跨國工廠。如今既然已經交棒，不妨好好去讀書。

在我眼裡，如此上進，真是了不起。

董娘願意放下身段，為了充實自己，繼續念書去，真是提供了一個很好的榜樣，足以振奮人心。

給她拍拍手。

功不唐捐

三十年前，我曾經同時幫兩位名醫在報紙上寫專欄。名醫哪有不愛惜羽毛的呢？那時，我一面教書，假日上醫生的研究室訪問、錄音，然後回家寫稿，日子忙到不行。

醫學和文學，其實是有距離的。某些醫學名詞，對我而言真是太陌生了，偶爾也可能誤寫，幸好每一篇稿醫生都會過目，攔截修正，不至於流落出去。

我以公益的心情來寫，雖然很緊張，畢竟覺得是一件很有意義的事。作家的筆為醫生與病患搭起了溝通的橋梁，專欄寫了一年，然後出書，合作的雙方都很開心。

我以為，事情就過去了。船過水無痕？誰知道呢。

最近，我的家人住院開刀，我突然發現，醫生所說的，我都輕易能解。怎麼可能這樣？原來，早在三十年前，我曾經學習過，增加了很多常識或知識，只是當時渾然不覺。

功不唐捐，的確是有道理的。

如何知道？

當我們看到草綠了，花紅了，水柔了……我們便知道春天的來臨。

可是，如何知道愛？

愛，也需要表達，讓對方明白。

如果對方年幼，只是個孩子，或許，褓抱提攜更為實際，生活中的餵養照料和陪伴，比較能讓孩子有感。

如果對方是大人，會不會就比較簡單呢？給對方，以他最喜歡的方式，才是恰當的，而不是把自認最好的給對方。因為每個人的喜好不同，投其所好，才是高招。所謂「送得好，不如送得巧」，也是這個意思。

我的好朋友在大學畢業時，決定和相戀多時的學長訂婚，終身有託，是個天大的好消息，於是也通知了筆友。她和筆友在讀高中時就結識，雙方也寫信，也見面，也說話，可是，無論寫信見面或說話，內容都一般般，並不覺得有特別的情愫存在。

如今，對方接到她即將訂婚的消息，火速前來，說，他一直都在等。他以為，會等到她點頭願意嫁……

最怕就是這樣。既不明說，又沒暗示，於是只一逕苦苦的等待，卻覺得對方應該明白。

天啊，應該明白什麼呢？明白你是個呆頭鵝？

曾經活在夢裡

年少時，她老是活在夢裡。

漂亮的她追求者眾，她說：「我分明不愛他，卻沒有明說。」由於她總是懵懵懂懂，對方在長久的希望落空後便自動退出了。也或許，在那個儉樸的年代，一個二十來歲的年輕單純女孩，從來不懂得前瞻與規畫，恐怕也無法明確的知道自己到底想要一個怎樣的婚姻和人生吧？

原來，她是這樣面對自己的感情，真讓人感到驚奇。當然在這其中也不乏真心待她的青年才俊；可惜，大多錯失了。

「那，又是怎麼進入婚姻的呢？」

「因為丈夫在婚前窮追不捨，老是甜言蜜語，很能符合我的夢幻，才進入婚姻的。」幸好後來她也慢慢比較務實，加以神的帶領，讓心靈有了歸依之所，婚姻的路才走得下去。

怎麼會這樣呢？真讓人替她捏了一把冷汗。

「你的母親沒有教你嗎？」

「母親強勢能幹，卻又極端的重男輕女，簡直到了不公平的地步……」一個老被忽視的漂亮女兒涉足在都會叢林裡，簡直是危機四伏，幸好，她最終還是平安的走過。

如今走在人生中年的她，參與協助弱勢族群的帶領和照顧，也讓她的生命更顯得有意義了。

圍城之內

婚姻也是圍城。

朋友問我：「她不是才剛說要離婚嗎？怎麼又說，對丈夫深信不疑？她到底在想些什麼呢？」

她，是我們共同的朋友，小卉。

我以為，她說要離婚，只是一時的氣話，不必當真。婚姻裡的摩擦，誰也難免，過後就應該視如雲煙了。

我倒覺得獨立很重要，不宜依附，不宜當菟絲花。

進入婚姻，還是要保有自己的經濟獨立，有工作，有朋友，有帶來快樂的圈子。都什麼時代了，難道還要一切以丈夫為依歸嗎？只要能彼此尊重、信賴，感情好就可以了。

小卉結婚以後，幾乎和所有的朋友失去往來，打電話給她，她常心不在焉，久了，情誼也就淡了。等到需要外界支援時，已經沒有人脈可言了。自己來扛，無法集思廣益，孤獨的島，唯有淒清。

不經一事，不長一智。我還是願意相信：亡羊補牢，也不算晚。希望小卉能思考出更好的路來，祝福她圓滿歡喜，沒有憂傷。

如此分歧

我在美容院洗頭，看到老闆跟門外路過的人打招呼，趕忙望去，原來是我認識的。

然而，只是驚鴻一瞥，對方已經走遠了。

老闆跟我說：「她太沉迷宗教了，不顧家，最後只好離婚了；其實，她的丈夫是個老實人。」

我大驚，老闆所說的，和我知道的大相徑庭。

我說：「據我所知，是丈夫先有了外遇，要求離婚。離婚後，妻子為求心靈寄託，而信了教。」

外遇的丈夫既然心中另有所屬，是不可能要兒女的，所以，離婚時，兒女歸女方，雖然孩子不算太小，然而都還在就學，仍未自立。如今好多年過去了，孩子們也長大了，成家立業，讓她沒有後顧之憂。她潛心禮佛，以求能忘去紅塵中的憂患，我也覺得很好。

失婚的她，最後是在宗教裡得到了安慰。

離婚的丈夫後來也沒有跟小三結婚，當床頭金盡，也就分手了。往後的日子也過得不如意，在中部的一所廟裡幫忙，幾年以後，聽說出家了。

怎麼會把自己的人生給過成了這樣？或許，難逃桃花劫？想想看，如果沒有見異思遷，一家人都可以繼續過著很和樂的日子。然而，毀家求去，一著錯，全盤輸，連整個人生也輸了。能不謹慎嗎？

善待他人

你是否時時心存善意，願意好好對待他人？

善待他人是慈悲的起始。

我的好朋友常善待周遭的人，好善樂施，從不落於人後。是的，她的家境不錯，優於一般人；然而，並非富豪之家，也沒有有錢成那樣。慷慨，樂於分享，在於她捨得。

在這個世界上，比她有錢的人多得是，卻未必慨然捐輸，如她。

我常想起台東的陳樹菊，以在市場賣菜的所得，不斷累積下來，四處捐款，給學校，建圖書館，給弱勢的人。多麼讓人心生敬意！

據說，她捐款的初衷，來自久遠以前，她的母親因繳不出保證金，而在醫院難產過世。她走過貧窮的痛，也希望別人再也不會經歷到如此的困窘境況……

陳樹菊為升斗小民樹立了很好的典範，人人都可以為善，而不是等到自己有錢了，才能捐款。勿以善小而不為。小小的善，積存起來，也能成為大善，甚至改變了我們的社會。

善待他人，最珍貴的，在於心存慈悲，願意己溺溺人，己達達人。慈悲也是火種，可以帶來希望、光明和溫暖。

是那一點不忍之心，深知世上苦人多，於是，表現在外的言行舉止也就多一份愛和關懷，更願意善待他人。

不能說的祕密

既然是不能說的祕密，為什麼他竟然說了出來呢？

是因為他不在意？或者是敢於「不同」？

他曾經和兩個朋友一起合買彩券，彩券由他保管。結果中了獎，金額不算少，他一人私吞了。

這是我在廣播節目中聽到的叩應裡，有人說出來的。

我聽了非常驚訝，簡直不敢置信。

允諾可以不算數？人格可以破產？

二十年前，曾經有人問：「你說得出台灣最有錢的人是誰，可是，你知道誰是最有道德的人嗎？」

的確，我們不知道也說不出來。

說不出來，也意味著長期以來我們對道德的漠視。人人向錢看，並不覺得道德的珍貴和重要。

那是道德的式微，也是全民的羞恥。

只怕當年如此，於今尤烈。那慘痛的代價將由往後全體社會共同承擔，只是，我們承擔得起嗎？

夢裡相逢

那是一個浪漫的故事，因為年少，因為天真，所以顯得特別有趣。

你會相信，也是由於人生的歷練不多，你的心如此柔軟，而且充滿了夢想。

有一天你更大了，你離開故鄉，向著夢想走去。多少年以後，離合悲歡嘗盡，心中百味雜陳。你清楚的知道，世上沒有「永遠」，一切都只是鏡花水月，終究要成空。

你的心開始變得堅硬，不再柔軟，不會流淚。此時，連你的夢也一併失去，再無蹤跡可尋。

你開始趨近現實，貪心，向著名利快速傾斜，屬於世俗的成績輝煌，你受到別人的稱揚，卻一點也不覺得快樂。

因為你遠離了理念，也典當了靈魂。

只有在夢中，你才能和自己的夢想相遇。

不再對每一天習以為常

對每一天的順遂和平安，我們經常習焉不察，以為那是自己應得的，一切都順理成章，卻不知那來自上天的恩典。

他是個出類拔萃的人，學生時代，書固然讀得好，就業以後，事業更是飛黃騰達，他太拚命了，好還要更好，也得到了各方的矚目。不想在一次健康檢查後被告知得了淋巴癌第四期，情形並不樂觀。晴天霹靂，不足以形容他的震驚，事已至此，只得放下一切，積極面對病痛，否則就要危及性命了。六次化療的種種不舒服，還有標靶治療，讓他彷彿歷經死蔭幽谷，從此大有了悟，重排生命的重要次序。時時感恩，心懷謙卑，人生已全然不同了。

不再對每一天習以為常，因為能呼吸，能見到朝陽和落日，能和家人相守，還有自己喜歡的工作，上天已經太厚待了，哪裡還能再奢求其他？哪裡能不知感恩？

如果一場大病，能讓自己對生命中的輕重緩急重新加以評估，從而能做一個更好的調整，那麼，又何嘗不是「塞翁失馬，焉知非福」？

當我們在別人的真實故事裡省思屬於自己的人生，而無須親身經歷這樣的驚心動魄，我們其實有著更大的幸運，不是嗎？

在回首的時刻

每一場雨，都是一次不再的因緣。因緣有時而盡，世上沒有不散的筵席，紅塵的這一遭，什麼是永恆呢？誰能告訴我？

相信永恆，那是因為我們年少。帶著天真的想望，懵懂的期待，我們以為一切都能長長久久，親情是，愛情是，友情也是。

其實，都是變動不居的。永恆，只是一則傳奇，從來無法成真。

可是，年少時的我們卻都相信，所有的幸福快樂當然都能到永遠。永遠有多長呢？直到天涯海角？直到生命的凋零？

可是，變異，很快就來到了我們眼前，那樣的猝不及防，我們毫無準備，心，破了一個洞，再多的淚水都不能填平。

得到了，卻又失去了。甜蜜轉成苦澀，我們從雲端重重的摔下，沒有粉身碎骨，在那看不見的地方卻處處都是傷痛。

一次又一次的受挫，逼著我們快速的長大，我們時時帶著微笑，用以掩飾心中的傷痕。

然而，在回首的時刻，我們才深切的明白，每一次的重擊，每一回的失去，都教會了我們堅強和勇敢，讓我們更有勇氣面對未來，更有力量迎戰許多的橫逆。

這是上天的無言之教，原是要我們細細領會，終於恍然大悟的。

無憾

那次，他正在參加一個研習營。

趁著空檔，他跟我說：「遇到事情，不要問難不難，而是要問該不該。當我們在做抉擇時，總希望有智慧，做出對的決定；也希望有慈悲，做出無悔的決定。」說得很好，連我都因此獲益。

一個人如果能追求「日有進境」，無論在進德修業上，這樣的孜孜矻矻，必然會日臻完美。這樣的人，成為楷模，令人仰望學習；這樣的人生，豐盈圓滿，從來沒有虛度。

紅塵的擾攘太多，不清淨的心常有徬徨，更讓我們覺得困乏和疲憊。有人回歸宗教，藉著不斷的修持，放下物欲，想要回到初起的天真未鑿；有人藉著大量的閱讀，向古往今來的大學問家請益，希望有所啟發。不論用的是怎樣的方法，最終依舊期待智慧和慈悲，能破除我們心頭的迷障，重拾清明。

至於我，我常問自己：到底，我想要一個怎樣的人生呢？

我以為，一生中，未必要追求世俗的成功，但不應放棄築夢的勇氣。處處與人為善，堅持過自己所選擇的生活，而且要走在真心喜歡的路上。在我，這樣的人生才是有意義的。

我希望能盡其在我，無忝所生，沒有虛度韶光。當我離開時，這個世界變得比我來時更好，更和諧，更宜於人居。

能不能做到這樣呢？努力了，便也無憾。至於成果，當由全民所共享，不必為己。

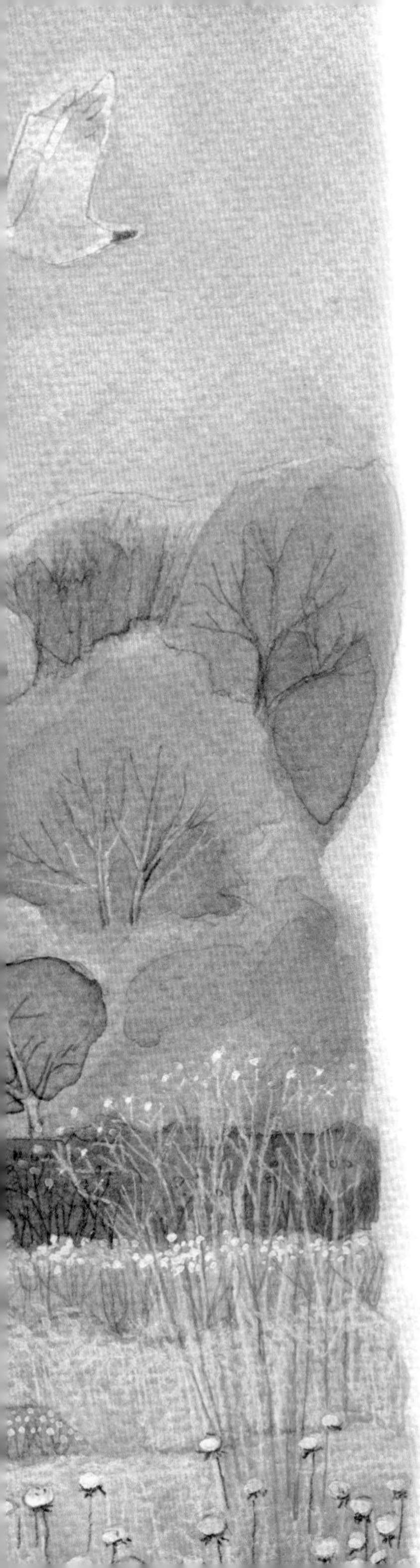

part 3

流光逝水

逝水無法回流，昨日也不能重返。
那麼，還是讓我們仰望明日吧！

part 3

流光逝水

心語錄

- 逝水無法回流，昨日也不能重返。那麼，還是讓我們仰望明日吧！總有一些新的期待和嚮往在我們的眼前升起，至於昨日，那已經是過往的故事了。

- 人間的每一個善意，就像一朵美麗的花，綻放在我們人生的旅途上，繽紛的顏彩，讓人歡喜眷戀。

生命裡曾經有過的苦楚與酸澀，經由歲月的醞釀，竟然成了回顧時，一罈芬芳的酒，散發著迷人的芳香，中人欲醉。

想到今生有些花只開一次，何其短暫和稀有，卻又由不得自己。有些景色，我們只能路過一回，再也沒有重遊的可能，能不無限悵惘？

我常跟自己說：自己的責任自己扛，自己的難關自己過。我希望自己是一棵堅強的樹，屹立在天地之間，不屈不撓，面對風雨。此生，我不做菟絲花。

我以為，努力做心情的主人而不是奴隸。主人可以掌控全局，可以發號施令，當然，也需要身先士卒，想方設法。

清風明月本無主，閒者是主人。山珍海味，一擲千金，見豪客的奢華；粗茶淡飯，克勤克儉，也沒有什麼不好。

大自然的美，在於生生不息。
如果枯黃的葉子總是不肯落下，這棵樹恐怕無法日新又新，終將失去生機。
如果花朵不願凋零委地，那麼，來年的春天，還會有新的花苞悄立枝頭等待綻放嗎？

善良不是傻，心存同情、悲憫也不是懦弱。善良是美好的德行，願意付出真誠的關懷，縱使受傷，也會很快的復原。因為錯在他人，而自己問心無愧。這樣的坦然無懼，也是一種心安。

讓我們從善良出發。善心最美，善言最好，善行最令人稱道。

上天給予每個人的試煉雖然不同，但所需要承受的負荷卻都差不多。

所有曾經善待我的人，是寒涼天氣裡溫暖的陽光，值得我深深感恩。然而，那些傷害過我，欺騙，落井下石的，其實也以另一種方式造就了我，讓我學

會了堅強和寬容。

在逆境中，我們得到的教誨，比順境時多更多。

我們經常匆匆忙忙的過著日子，有時候順遂，有時候拂逆。有時候悲傷，有時候歡喜。在經歷過無數困頓的打擊和失去的痛楚之後，我們慢慢的找回了起始的初衷以及那個曾經流落、迷失的自己。失而復得，我們終究得以和自己重逢。

往前看，往後看。向左走，向右走。人生中的種種曾經，每一個決定都需要細思和負責；然而，它，也的確成就了我們。但願，最後，我們畢竟給了自己一個最好的出口，遇見幸福快樂。

歲月的祕密

你知道歲月的祕密嗎？

顯然歲月是有祕密的，可是，年少時候的我總是不能明白。

那是一個普遍貧窮的社會，父母為求一家大小的溫飽，勞碌終日，奔波不歇，卻依舊捉襟見肘。

小時候，我們老是覺得時間過得太慢了，許久許久以後才能碰到一個所謂的「節日」，才能大快朵頤，例如：清明節的潤餅、端午節的粽子、中秋節的月餅……我們每天都去翻日曆，焦急的細數到底還要幾天？如此一來，更加覺得日子走得比蝸牛還慢了。

奇怪的是，當我們長大了，工作了，甚至成家了，裡外都忙，日子竟彷彿飛了起來，一下子，我們二十歲了，三十歲了，四十歲了……真可怕啊，歲月，能不能等等我們呢？走慢一點，不要如飛的逝去啊！

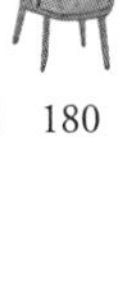

歲月，為什麼會這樣忽快忽慢呢？

我想了很久，我以為，那是因為心的關係。

當我們的心有所盼望，總感到遙遙無期，就會覺得日子走得很慢了。

當我們有理想要奔赴，有目標要實現，我們無法再去理會時間了，於是竟然覺得它又走得太快了。

原來，歲月的祕密就藏在我們的心中。

生命的花瓣

如果生命如花，那麼，當生命的花瓣一層又一層舒展開來，我們將相信，所有的季節都散發著芬芳的記憶，人生也會是美好的。

然而，人生漫長，又有誰逃躲得了失意、挫敗和困頓的種種考驗呢？

但願，我們都能毫無畏懼的迎向前去。當我們夠勇敢和堅定時，即使是苦難，也會成為生命的養分和祝福。

有時候，我們也會流淚。但請記得，眼淚只是清洗鬱積，讓我們的心，重現朗朗晴空。我們可以失敗，但從來不被擊倒。

哀傷要短，像一個休止符。無損於整個樂章的莊嚴美麗。

我們要擁抱生命的春天，沒有寂寞，只有歡樂。

生命的儲蓄

人生短暫，我們遲早都要離去，那麼，你希望在自己的生命中儲蓄什麼呢？

是正向的嗎？例如：希望，和諧，快樂，幸福，真善美，寬恕，諒解，善意，溫暖，寬闊，體貼……

正向累積多了，在你走後，別人會記憶、懷念，讓你雖死猶生。

還是負面的呢？例如：悲觀，憂傷，憤怒，報復，傷害，說謊，詆毀，狡詐，陷害，無惡不作……

負面累積多了，你成了社會的敗類和毒瘤，沒有人願意接近，視如蛇蠍，避之唯恐不及。縱然活著，也毫無意義與價值。

那就問你了，到底在你的一生中，你願意做哪種儲蓄呢？

走在山中

走在山中，我的心情如歌。

山中寂寂，猶有花葉在風裡兀自輕輕飄落。

每一朵飄零的落花，每一枚落下的枯葉，是否也宛如人世間生命的消逝呢？什麼都留不住的，逝者遠矣，只有哀傷盤據在心頭。

那麼，珍惜是必要。何必等到一切都無可挽回時，再來痛悔呢？不嫌太遲了嗎？

想一想，只要我們曾經寶愛過，或許，憾恨將隨之減少。

每次，我走在山中，都覺得心曠神怡。仔細聆聽，山中不全然只是靜默。鳥聲蟲鳴，樂音處處，簡直是天籟。我的朋友曾經跟我說：「所謂的音樂，其實是模仿大自然的聲音。」原來如此。

當音樂越接近大自然的聲響、頻率，我們便會覺得更為和諧悅耳，敲響了心弦，引發共鳴，也為我們帶來了更多的歡愉。

山中的美景渾然天成，水聲潺潺，彷彿連我們的靈魂也跟著洗淨了。我們神采煥發，那開心是來自心底。

走在風中

在冬日裡，只要有陽光的日子，我特別喜歡走在風中，滿心都是愜意，就像讀一首雋永的小詩。

太熱的天氣讓人流汗，我連外出都很遲疑，恨不得也來個「夏眠」，躲過長長的夏日，經過秋老虎，然後在冬日裡甦醒。為的是，冬日裡陽光的溫暖和微風的輕快，令我著迷。

在微風的吹拂之下，我只要閒閒的走著，就好。別趕時間，別雞飛狗跳、胡亂衝撞。太忙太趕，恐怕什麼都看不到，還可能招來小禍端。

生活裡不可能只有歡愉沒有愁苦。每當我走在風中，我告訴自己：就記得那些快樂的點滴吧！其餘的，不妨交給四處流浪的風，隨風而逝，再無牽掛。

快樂與不快樂，也是一種選擇，難道不是？

走在風中，我忙著看四處的景色。那棵十多年前被砍去的九重葛，今年竟又開

花了。奇怪的是顏色由紫紅變成了粉紅，真是不可思議；然而，花顏依舊美好，多麼令人心生歡喜。

走在風中，陽光溫和，我很開心有這樣一個日麗風和，可以閒閒走走的好日子。

果然，連心情也像詩。

因為風的緣故

在遼闊的天空中，一朵雲和另外一朵雲之所以能相會，是因為風的緣故。

那麼，一個人和另外其他的人之所以能相遇，是由於因緣的流轉。

不論是來自上天的安排，或是冥冥之中的命定，相逢就是有緣，要好好的珍惜，彼此留下美好的印象，以留待他日的相見歡。

因為在浩渺的宇宙間，在茫茫的人海裡，能相逢何其不易！

如果，我們面對許多人事物都冷漠以待，等閒視之，終究是要失之交臂的。那麼，見與不見都是一場空，又有什麼意義呢？

想一想，我們也可能是天空中不同的雲朵，因為風的緣故，我們相合。也因為風的緣故，我們分離。

緣聚緣散，有時候，甚至在人生中寫出了傳奇。

就像逝水

時光是一條河，迢迢去未停。

沒有誰能挽住時光匆忙的腳步。春夏秋冬不斷的更迭轉換，我們也被推移的走過了童年、少年和青年，在回首的此刻，驚見韶華已逝。儘管一路走來是這樣的兢兢業業，不曾有過絲毫的懈怠，然而青春遠揚，心中仍不免有著幾分悵惘。

逝水無法回流，昨日也不能重返。那麼，還是讓我們仰望明日吧！

總有一些新的期待和嚮往在我們的眼前升起，至於昨日，那已經是過往的故事了。

若要不負此生，也唯有努力向前。

仰望天空

仰望天空，今天純白得耀眼的雲飄浮在蔚藍的天際，真的好美，你看到了嗎？有時候我們也會沮喪，甚至絕望，覺得自己簡直活不下去，對世界對生命，再也沒有任何的希求了。那麼，就仰望天空吧！你看，雲朵優游，自在來去，何其美麗而無罣礙。

有時候我們太開心了，不免得意忘形，也請記得仰望天空。雲朵來來去去，今日的得意，會不會竟然成為明日的失意呢？禍福相倚的道理，我們不也心中了然嗎？

請珍惜眼前每一個當下的好緣，感恩上天的成全，更不忘時時幫助別人。我願意相信：人間的每一個善意，就像一朵美麗的花，綻放在我們人生的旅途上，繽紛的顏彩，讓人歡喜眷戀。

仰望天空，雲來雲去，不曾說什麼，卻又似乎說了很多。

歡樂易逝，苦難不會久留。如果我們真正明白了，唯有珍惜韶光，努力活在當下，才是真正智慧的做法。

雲飛水流

當白雲冉冉飛升在天際，雲去雲來，很多事情都不一樣了。

當流水潺潺遠去，多少年以後，物換星移，滄海桑田，一切也都有很大的變易。

原來，在時間的流裡，萬物都是變動不居的，世間並沒有所謂的「永恆」。那麼，何不讓眼前的不如意都盡快成為過去？

到底，我們該如何面對？

以正向的思考，來替代負面的思維。

正向的思考是陽光，是希望，帶來美麗的遠景。而負面的思維是黯淡無光，是消極頹唐，是向下沉淪。

虛耗的人生不足取。但願人人都能堅守正念，活在當下，迎向春天。如此，國泰民安可期。

你可以的，讓我們一起加油，認真前行。

轉念後另見美景

我們常為執著所苦，甚至因此陷入困境，攀升無望。

真的是這樣嗎？

是因為我們堅持己見，不夠靈活應對？是的，我們遇到的困境是真，艱難險阻也非假，想要平安涉渡也的確困難重重。可是，這樣，我們就有足夠的理由棄甲曳兵而逃嗎？我們藉此得以振振有詞原諒自己嗎？……難道，除了逃躲和束手無策，沒有任何的一線生機？

我以為：山不轉路轉，路不轉人轉。

只要我們願意放下執著，轉念，或許可以為自己另闢蹊徑。

以轉念來面對絕望，不失為一種佳策謀略。「山窮水盡疑無路，柳暗花明又一村」，對每一個面臨重大挫敗的人來說，都是一種激勵。「行到水窮處，坐看雲起時」，豁達，可以為我們帶來新的契機。別說世人中，唯有你最苦，能反敗為勝，

才是真正的英雄。

轉念後，我們看到的，將會是另外一番勝景。

祝福你我，勇敢前行，鍥而不捨，總有一天，理想已然在望。

曾經有過的苦楚與酸澀

歲月是有魔法的。

生命裡曾經有過的苦楚與酸澀，經由歲月的醞釀，竟然成了回顧時，一罈芬芳的酒，散發著迷人的芳香，中人欲醉。

可是，明明事發當時，我們沮喪絕望。昨夜夢裡的淚痕依稀，但願此身只是客。然後，我們努力立定腳跟，重新出發，謹慎的跨出每一個步履。很多年以後，我們終於開始有了豐收。

想起過往的一切，回憶起來，似乎並不真切。然而，我們終究在灰燼裡重覓力量，得到重生。

只要夠努力，不肯放棄自己，上天會指引你走上一條新的路。

歲月是有魔法的。真的。

無須記得往日的哀傷

人生短暫，最該記得的是善意和溫暖。多少往事已無須提起，尤其是那些充滿了哀傷的過去。

為什麼老是眷戀不休，一步一回首，不肯忘去呢？這難道不是跟自己過不去嗎？

請記住那些快樂的歲月吧，快樂才值得我們一再回味，才能讓微笑在臉上停駐久久；至於哀傷，請徹底遺忘，那才是更為正確的做法。

不要讓往日的哀傷將自己緊緊困住，無法脫身，這是很大的不幸。就活在當下吧！眼前的時光才是真，要善用，要把握，才是真正的有智慧。

時光一逝永不回頭，人世間沒有永恆，我們只能以珍惜的心看待手中的所有，鼓勵自己要上進，要努力，要感恩。在我，能做到這樣，也算是美夢成真了。

在每個當下

在每個當下，我們都要努力做到：珍惜、知足、感恩。

不珍惜，必然留下悔恨，然而，一切都太晚了。

不知足，無法常樂，因為欲深谿壑，哪有滿足的一刻？

不感恩，予取予求，視若當然，誰也避之唯恐不及。

想到今生有些花只開一次，何其短暫和稀有，卻又由不得自己。有些景色，我們只能路過一回，再也沒有重遊的可能，能不無限悵惘？

那麼，我們唯有認真的活著，不辜負，不虛度，因為知足，所以常得快樂。更要時時懷抱感恩的心，感恩今生一切所遇，無論人事物。

在每個當下，保守自己的心，說好話，行好事，無忝所生。

再慢一點

我是個急性子，快，還要再快一點，越快越好。

其實，是折損了自己的健康而不知。

朋友們總是笑稱：「要快一點進墳墓喔。」

催逼自己到了極限，長此以往，的確是可能更快的「長眠」。

可是，教我如何能慢下來呢？慢一點，再慢一點，我不耐煩，就要翻臉了。想到時光如飛的過去，簡直令我抓狂。

然而，隨著歲月的逝去，我開始感到很多事有些力不從心了，速度和效率不得不因此緩了下來。這也是沒有辦法的事。我告訴自己，年輕時那麼拚命，努力做了那麼多事，或許，這也是上天的報償，我應該調整作息，欣賞大自然的花草樹木、天光雲影，以更多的時間觀看這個美麗的世界，更加珍惜人間的諸多善意。

心念一轉，終究緩了下來。

於是現在，我也可以慢一點，再慢一點。
慢慢走，欣賞啊！
我也覺得很好。

單純的喜歡

只因為喜歡，所以去做，就是這麼單純。

我是一個簡單的人，喜歡簡單的決定，也喜歡簡單的完成。不參雜功利的思考，也不愛複雜的處理。凡事簡單就好。

我原先以為，那是因為我太笨了，想不出複雜的解題方法，於是就簡單的面對。後來，我長大了，也經歷過很多的事，我發現，真正的原因來自我的單純，而單純，也不失為一種處理世事或人生的方式。

既然都可以得到解決，那麼，單純也是一種幸運吧？

所以，我常可以因為單純的喜歡而去做家事，做手工，做別人眼裡無足輕重的小事；可是我樂在其中，不計心力和報酬。我以為，喜歡就已經是很好的回報了。

我的日子簡單，我的生活單純，我也承認自己是幸福的。

給自己的禮物

我想給自己怎樣的禮物呢？

如果，人世間是一趟旅行，但願能瀟灑走一回。

只是，談何容易呢？

一路上，有太多的責任需要擔負，有太多的糾葛纏繞心思。縱使我不犯人，卻也無法阻止別人不來犯我……於是，我告訴自己：如果痛苦的磨練不能免，那麼，就把吃苦當作吃補吧！只希望不在痛苦中長久沉淪，而要努力奮起，另創新局。我也一再要求自己：立即停止抱怨，哭泣只是示弱，因為抱怨和淚水全然無益。不如竭力去尋求改善的方法和途徑，更能有補於實際。

一切都要自立自強，別人沒有義務要幫你。就算他想幫，也可能因為自身的能耐和忙碌而力不從心。還是靠自己最好。

尤其，在所有的過程裡，你不是得到，就是學到。真是彌足珍貴，也振奮人心。

為什麼還要遲疑徬徨呢？

靠自己，首重在親力親為，培養自己的能力和本事。一旦有能力有本事了，何愁力不能逮，事不能成？當一個人擁有了大能力大本事，優游自在，全世界都在他的掌握中，也因此享有更大的自由和歡喜。

放下執著和不必要的牽絆，人生路上，能瀟灑走一回，多麼好！

告訴自己

世事紛紜，這人生到底苦多樂少，人皆如此，我並沒有比較不幸。的確，走在人生的路上，幾時曾見事事如意？總有很多的挫折和困頓橫在眼前，等著我們排除萬難，艱苦跨越。

世界既然不可能盡如己意，那麼，便無須過於執著。縱能擁有，想來也只是一時，而非長遠。哪裡要斤斤計較、睚眥必報？在這世上，有誰不是紅塵的過客呢？生命能有多長？一轉眼，都成了黃土一抔。

我告訴自己：那麼，就活在當下吧！只要能善用此生，為別人留下溫馨，也很值得了。

靠自己，最好

在這個世界上，有誰能讓你倚靠一輩子呢？

即使是最疼愛你的父母，總有一天，也會老去，辭世，終究無法永遠仰仗。所以，我們都要學會自立自強，因為，靠自己最好。

請別奢望別人給你任何的幫助，唯有靠自己，才是對的。

如果你人緣好，有朋友願意幫你，那是很大的幸運，值得感念在心，不可或忘；即使朋友不幫你，也無可厚非，或許他有困難，不該心存怨尤，畢竟別人從來不欠你。

沒有人必須在你需要的時候幫你，只有你自己，所以，讓自己獨立、堅毅、果敢，才是最需要念茲在茲的。

認真培養自己的真才實學，不斷增進能力，盡可能親力親為。

我常跟自己說：自己的責任自己扛，自己的難關自己過。

我希望自己是一棵堅強的樹，屹立在天地之間，不屈不撓，面對風雨。此生，我不做菟絲花。

做心情的主人

身為主人，是有責任的。

如果遇到連續惡劣的天氣，也多少壞了我們的心情，那該怎麼辦呢？

我以為，努力做心情的主人而不是奴隸。

主人可以掌控全局，可以發號施令；當然，也需要身先士卒，想方設法。

眼看著漆黑如墨的天空，很快的，就會有傾盆大雨落下。要出去嗎？必然會被淋成落湯雞，即使撐傘，恐怕也無濟無事。那麼，只好繼續待在家裡，又悶又煩，距離快樂很遠。可是，別無選擇，也是無可奈何。

只好看閒書、做家事，給朋友們打電話……

其實，當自己的心靜下來，也覺得頗有意思。

所以，可見心之為用大矣。

如果我們能保守自己的心，那麼，無論天氣陰晴，並不會影響我們太多，還是可以照常工作，做什麼事也都是歡喜的。

原來，諉過於天氣，不過是我們愛找的藉口。

點亮心情

點亮心情，在她，只需要一朵花。

學生時代，或者剛教書的時候，沒有什麼錢的她，每遇到心情不好的時候，她知道，黯淡的心緒需要提振。於是，她走向花店，去買一朵花，只要一朵，她真心喜歡的花，也許是玫瑰，也許是鬱金香，也許是百合……她不貪心，她只要一朵花，插在瓶子裡，讓整個斗室煥然一新，彷彿是施了魔法，她覺得自己的心情立刻好多了。

她無法知道別人是怎樣面對的？或許大吃大喝，或許逛街購物，或許運動，或許聊天……有效嗎？說不定有。

點亮心情，在她，只需要一朵美麗的花。

小兵立大功？的確是真的。

美麗在心田

你的心中是否有一畝美麗的田呢？

韶華易逝，青春短暫，轉眼間，所有的繽紛都將消逝，誰也無力挽回。

在這有限的時光裡，我們更應該好好珍惜。活在當下，對每個人來說，都是多麼切實的忠告。

孜孜矻矻，努力學習，奉獻所能，造福人群。能這樣做，人生必然是有意義的。

是的，任誰也無法阻止韶光的遠逝，有一天，皺紋終究會爬上我們的臉，成為縱橫的溝渠，毀了我們吹彈得破的肌膚；可是仍可以讓自己的心在歲月中慢慢培育和琢磨，就如，蚌把進入體內的沙逐漸的光潤起來，成為瑩潔的珍珠。

我們或許失去青春的容顏，卻有一顆豐美智慧的心。

等到那一日我們步履蹣跚，垂垂老去時，相信那像珍珠一般的光澤依舊美麗在心田。

讓陽光來到心中

陽光是可以帶來光明和溫暖的，那麼，為什麼不讓陽光來到你的心中呢？

如果我們感到害怕，失去信心，黑暗是溫床，可以讓我們內在的恐懼無限擴展，更令我們的遲疑彷徨，找不到出口。

光，可以指引方向，拋棄黑暗。陽光尤其溫煦，普照大地。

那麼，就讓陽光來到我們的心中吧！

陽光下，我們輕易的看清眼前的一切，花紅草綠，山青水碧，我們篤定的前行，欣賞大自然的美。我們也看到了人間的善意和真摯，多麼令人動容。

如果我們的心中有陽光，黑暗恐懼就不再威脅我們了。心中平安，這是最好的祝福。

慈悲的心

慈悲的心來自愛。

是因為那一點不忍，於是願意寬容以待，好言好語，入人心脾，希望對方能有以改正，從此變得更好。

慈悲的心來自柔軟。

是由於那一片溫柔，於是願意溫言暖語，而不是疾言厲色，希望對方在領受溫煦中，而思有以改正。

慈悲的心來自智慧。

是因著知所先後，帶領有方，自然得見大有效果，而不是蜿蜒曲折，備受繞道之苦。先知先覺，以德服人，都屬智者。

慈悲的心，發揚於外，是寬宏大量，有如春風風人。

愛意洋溢的心慈悲，柔軟智慧的心慈悲。

請問：你是否一向心存慈悲，願意「己溺溺人，己達達人」呢？

發現美

「生活中不是缺少美，而是缺少發現美的眼睛。」這句話是大藝術家羅丹說的。果然發人深省。的確，同樣的，我們的周遭也到處都是讓人振奮的美好消息，可惜有太多的人看不到，也聽不著，因為欠缺的是發現它的心靈。

難道是心靈睡著了嗎？

如果我們有心靈，卻無法讓它感知真善和美，那是多麼可惜的事啊！又何嘗不是天大的損失呢！

那麼，該如何保持心靈的敏銳呢？我讀古典詩詞，去旅遊或悠閒的散步，觀看四季的變化，感知人間的善意，我也努力的存好心、說好話、做好事。

我為所有美好的時刻而感動，我發現，其實，那來自愛。

微小裡，也有美好

我們常說：「數大就是美。」其實，微小裡，也有美好。

像我們在尋常生活中所見的，如小花小草，小狗小貓，小嬰兒，小衣服小首飾……各有不同的美。或氣韻天成或生動自然或巧奪天工，都有引人入勝的所在，讓你滿心歡喜，眼光捨不得離開。

其實，有很多美好的事物就在我們的周遭，有的，甚至未必要很大的花費。

我還記得很多年以前，有人去搶銀行，犯下了滔天大罪，他的妻子哭著說：「沒錢也有沒錢的過日子方式，是不必要犯法的。」給了我很深的印象。的確，清風明月本無主，閒者是主人。山珍海味，一擲千金，見豪客的奢華；粗茶淡飯，克勤克儉，也沒有什麼不好。而後者恐怕更接近健康養生的要求。

一花一天堂，你看到了嗎？

美好的力量

美好，是會帶來力量的。

美好，就從微笑開始吧！

不要老是抱怨，抱怨無補於實際。那只是消極的做法，徒費口舌而已。還不如化為行動，發現美好，並且微笑感謝，將為生活的周遭帶來想像不到的改變。因為美好是會感染，是能帶來力量。

在生活裡發現美好，即使只是細微處，也要努力維護，同時讚美感謝。那麼，美好將能持續和拓展，影響的人事物也就跟著增多了，環境會跟著改變，也讓美好走進更多人的心中。

隨時發現小小的美好，我們將帶著微笑面對世界，環境會更好，人們也更加的友善親切。

美好，也從微笑開始。

想見美好的未來

你常對自己不滿意嗎？到底你希望成為怎樣的人呢？

人生，是一場永無止境的修行。唯有不斷的修練下去，才能止於至善。

小時候，經常聽過一句話：「不怕功夫下得深，鐵杵磨成繡花針。」當初朗朗上口，也不過是「小和尚念經，有口無心」。如今，經過多少歲月的歷練。再回頭想，終於明白此話的真義，是如何的發人深省。

總是要孜孜矻矻，才能見得到人生的些許成績。

縱使面對挫敗，那也是必然的學習，終究得走出困境，此時，經驗的添加，智慧的增長，都是生命的禮物，多麼彌足珍貴。

我呢？我對自己的未來又有怎樣的期待？

我但願擁有一個不曾虛度的人生。我希望自己的生命是有意義的，處處與人為善。有一天，當我離開時，這個我曾經生存過的世界，遠比我來時更好、更和諧、更溫暖、更值得流連。

這樣，我將含笑遠逝，不留憾恨。

生生不息

大自然的美，在於生生不息。

如果枯黃的葉子總是不肯落下，這棵樹恐怕無法日新又新，終將失去生機。如果花朵不願凋零委地，那麼，來年的春天，還會有新的花苞悄立枝頭等待綻放嗎？

如果舊有的生命不想辭枝遠逝，新的生命將無法出現，整個宇宙有它的危機，又哪裡會是我們所樂見的呢？

盎然的生機是重要的，大自然固然需要，人世裡也不可少。

好朋友出國教書，回來後告訴我們：「台灣是個充滿了活力的地方，每天清晨，上班的上班，上學的上學，處處都是朝氣蓬勃。可是，有些國家並不是這樣，有很多閒人，無事可做。」

的確我們要珍惜這個寶島，人人奮勇向前，讓它處處都洋溢著無限的生機。

本來的樣子

愛一個人，就是要愛他本來的樣子。

年輕的女孩說：「如果他真的愛我，當然會為我而改變。」於是她充滿了憧憬進入婚姻。她以為，她可以改變對方，打造一個全新的、如她所願的完美伴侶。然而，她很快的就發現自己錯了。她或許能逐步引導對方，稍作修正，卻沒有辦法重新改造一個他。

原來，造人是上帝的事，凡夫俗子哪有這般的能耐？

所以，一個人的本質是重要的，品德不容忽視。

愛，是接納和忍耐，而不是要求和指責。愛，是愛他本來的樣子，而不是企圖改造。如果體會不到這一點，雙方漸行漸遠，恐怕是必然，無可挽回。

特質

每個人都有他的特質，你珍惜過自己的特質嗎？

特質是自己跟別人很不一樣的地方，也有可能成為反敗為勝的樞紐。

然而，年輕的時候，我們未必看得到這一點。

年少的時候，我們極力爭取同儕的認同，吃一樣的食物，聽一樣的歌曲，穿一樣的衣服……「同一國」讓我們感到安心。

長大以後，我們發現那樣的面目模糊，有什麼好呢？說不出特質，沒有亮點，我們在群眾裡不被看到，無法凸顯，注定了平凡。

需要經歷多少的日子，我們才明白，和別人不一樣的特質是可貴的。

尤其，特質在我們的人生中，有多麼的重要。

特質，讓我們與眾不同，出類拔萃。

特質，將我們的人生導向輝煌，給予世界更大的貢獻。

善良

善良，是一種美質。

年少的時候，我從來不是這麼想。我以為，所謂的善良，不就是笨笨的？既不聰明能幹，也不美麗動人，如此乏善可陳，那麼就冠以「善良」吧，彷彿只是個安慰之詞。

長大以後，經歷了很多事，才知善良的不可多得。

心地善良，是為人的根本，擁有如此可貴的品格，才能再談其他。

如果，一個人有才華有能力有權勢，卻不善良，豈不作惡多端，更加禍國殃民？哪裡會是福氣的事？

我終究明白，善良不是傻，心存同情、悲憫也不是懦弱。善良是美好的德行，願意付出真誠的關懷，縱使受傷，也會很快的復原，因為錯在他人，而自己問心無愧，這樣的坦然無懼，也是一種心安。

此後，若有人說我善良，我以為那是稱揚，值得我歡喜感謝。

善良，是一生的財富

我們常努力去追求世俗的錢財，以為多多益善，卻忘了善良才真的是一生的財富。

善良是珍貴的，值得我們傾力保守。

因為，善良是所有品德的基礎。一個人，如果沒有了善良，飛黃騰達又如何？富貴名利又如何？一旦真面目被揭穿，只有被唾棄一途了。眾叛親離，下場的淒慘可以想見。

所以，人人都要重視善良，並且緊緊守護。

在善良的根基上，進德修業才有可能更好。善良，讓我們贏得他人的尊重，別人也才樂於親近，「得道多助」，所揭示的，也是相似的道理。

不宜捨本逐末，否則，那和緣木求魚，又有什麼不同呢？

我們都喜歡善良的人，沒有機巧，以真誠待人，能讓人即之也溫，多麼好。

你，善良嗎？

讓我們從善良出發。善心最美，善言最好，善行最令人稱道。

好好對待

我們常常是對外人客氣有禮，卻對自己的家人不耐煩，沒有什麼好臉色。怎麼會這樣呢？家人不是更重要嗎？

可是，我們竟然是這樣行之多年了，甚至毫不自覺。

其實，我們都錯了。

是因為家人愛我們，我們有恃無恐，不以為意？還是我們根本就本末倒置，不知輕重緩急？

如果我們可以好好對待別人，為什麼對待自己的家人反而不能如此？家人是跟自己關係最緊密的，憂戚與共，不是更要好好的對待嗎？

人生無常，家人也未必能時時相隨。相遇有時，別離有時，我們總不能等到失去後再來追悔吧！

今生緣遇，都值得好好對待，尤其是家人。

請給一個微笑

如果，花朵是大地的微笑，那麼，雲朵便是天空的微笑，浪花就是海洋的微笑。

微笑，從來都是最美的風景，讓世界更顯得繽紛迷人。

你呢？你常微笑嗎？你愛微笑嗎？

有時候，遇到我太過沮喪或疲累時，我是笑不出來的。然而，我總是勉勵自己：就努力微笑吧。我用力微笑來振奮自己、提升自己的內在動能。

我不知道別人是不是也這樣？我是相信，微笑能帶來撫慰和溫暖。

笑一笑，告訴自己：世上沒有過不了的關卡，只有自己的畫地自限。

笑一笑，再多的不堪都付之一笑吧！倘若歡樂不能久留，哀傷也是。

笑一笑，給人歡喜，給人希望，也但願能給自己歡喜和希望，多麼有意義。

微笑，能讓我心生平靜。在平靜裡，能省思，能策畫，無論往日或明天，都能有更清晰的認識，更篤定的邁向前去。

小時候的我愛流淚，長大以後，有一天，突然發現，哭泣是沒有用的。奇怪的是，從此我不在人前掉任何一滴淚。有事自己扛，有苦自己嚥，就這樣，走過了許多山山水水，終究明白，世間沒有過不了的難關。

原來，人是可以學習的。學習勇敢、堅持、忍耐、樂觀，這對自己的人生，其實是正向而加分的。

請多微笑吧！世上不會有絕境的，縱使面臨困難險阻，也只是提供我們再一次演練的機會罷了。

請給一個微笑。你看，當你微笑，全世界不都跟著你一起笑了？

還是要多結好緣

人與人之間的感情有著各種不同的樣貌，有的溫潤，有的和諧，有的痛苦，有的厭惡，有的猙獰……也有的是苦樂參半，愛恨揉合，教人不知如何是好？

可是，我們畢竟是凡人，有優點，也會有缺點。

我常想，如果可能，最好彼此保持適度的距離，距離可以產生美感，也淡化了可能的格格不入，對雙方都是一種好。

還是要多結好緣，能相識何其不易！

「人情留一線，日後好相見。」這話我是相信的。

相信快樂

快樂是會感染的。

先讓自己快樂起來，使自己成為一顆快樂的種子，成長茁壯，再影響周圍的人，推廣到更大的範圍、更多的地方。

從來不信人間只有憂傷的淚，更不信快樂喚不回。

我常想：一個人的不快樂，也是一種不道德吧！因為氛圍是會相互感應和影響的。由於你一個人的不快樂，而波及了大家的心情，這不是應該要加以檢討嗎？

我真心希望自己是個快樂的人，還要把快樂跟別人分享，讓快樂無所不在，大家笑呵呵，從心中散發出歡喜來，讓我們都能生活在快樂國裡。

選擇快樂

你快樂嗎？

快樂，也可以是一種選擇。不是嗎？

當年我讀書的時候，還有大學聯考呢！一試定終生，說不緊張，真是騙人的。

那時候，在面臨選填志願時，不免費盡思量。到底是要選擇將來飯碗有保障的科系呢？還是選自己有興趣，但卻是冷門的科系呢？

然而，科系的冷門或熱門也只是一時的現象，而非永遠。

你知道嗎？曾經有人在大學入學時，讀的是熱門的科系，豈料畢業時已經變成冷門了。不過才短短的四年，變化之快，大出意料之外。

所以，眼前的冷門和熱門，在往後，還是沒個準。

如果這樣，就不如依著自己的興趣來走。

我個人比較偏重興趣。我以為，有興趣，才能樂在其中，未來也才能有所發展。

投身任何一種行業，想要脫穎而出，沒有興趣作為後盾，恐怕是不可能的。如果只為了名或利，恐怕將無法支撐長久，只覺得度日如年，那也未免太過辛苦了。過不快樂的人生，只覺得長路漫漫，無有止時，更不見盡頭，不免可憐。

我選擇走興趣的路，也等同選擇快樂，所以，我的工作快樂，人生也快樂。

願你快樂

我常提醒自己：要大氣，要努力做一個願意給予的人。

人生路上，風霜雨雪多，感謝那些曾經善意相待的人，讓我們平安涉渡所有的困頓與艱難，我們才得有此刻的順遂。

我們記得那樣的溫暖，也心懷感激，不敢忘。

不要老是計較別人對自己的不夠好，也無須處處愛跟他人去比較，那只會讓自己更加的不快樂，看不出有任何建設性的益處。

心胸狹隘的人，只關心一己的利害，只在意個人的方便，孤單的活著，老是要算計，就怕自己會吃虧，終究離快樂越來越遠。

希望我們都是願意給予的人，給予安慰，給予支持，給予鼓勵，更給予溫暖，成為一個懂得付出的人。

付出，讓人由衷的快樂。你快樂，所以，我更快樂。

願你快樂！

只是一個故事

每個人都不過是一個故事。

然而，有時候，我們真覺得人生是漫漫長途，長遠到令人疲憊，幾乎難以為繼。當我們走在生命的旅程上，儘管步步為營，卻仍然有被陷害、被落井下石的時刻，那樣的艱難困頓與灰心絕望，幾乎要讓我們豎起白旗，不願意再奮力的前行。我們問自己：前行有什麼意義呢？幾乎看不到任何的希望。

其實，我們清楚的知道：之所以沒有棄甲曳兵而逃，是在於內在那一點不肯服輸的韌性。

我們告訴自己：如果餘生仍長，個人不會全然沒有機會的。只要我們堅持努力，但願，總會等到扭轉乾坤的一天。那些曾經歷歷在目的過往，曾經讓我們滿心沮喪的挫敗和苦難，就在回顧的那一刻，為什麼此時追溯起來，也不過像是在說著一個別人的故事？

好似事不關己，好像是遙遠得幾乎被淡忘的故事。
怎麼會這樣呢？
是因為已經事過境遷，於是，我們在記憶裡，只想起甜美溫暖的部分而遺忘了曾經有過的痛苦和絕望？
還是累積的許多生活經驗，讓我們學會了豁達，真正明白也接納了「人生不如意事十常八九」？
那麼，有朝一日，當我們站在生命盡頭的時候，會不會對於那曾經出現在人生中的種種詆毀、挫折、苦難和羞辱，心中竟會微微興起了感謝之情？是它們堅定了我們的心智，可以勇敢，也可以溫柔。
顯然，我的胸懷也因此而大有不同。

放下的智慧

放下，需要智慧。畢竟不是人人都做得到。

她曾經在街道上行走時，被雙載的機車騎士出手一把搶了錢包。事出突然，她簡直嚇壞了，全身發抖。

幸好，錢包裡的錢不多，沒有證件，所以，並沒有報警。

可是，她顯然忘不了，老是在我面前說了又說，那條路再也不敢走了。

其實不需要這樣，只是錢包務必要收好，不讓歹徒有可趁之機；也別穿戴太貴氣的衣服和首飾，以免被鎖定為下手的目標。凡事小心一些，相信當能永保長久的安康。

每當遇到時機不好，歹徒就會伺機而動，各種詐騙手法層出不窮的出現，讓人不勝其煩。所以，謹慎有必要。

當不幸發生了，請冷靜以對。接受它，處理過，就請放下吧，以還給自己清心自在的生活。

危機與轉機

世事紛紜，一生中我們將歷經多少事，在在都是學習，讓自己更有知識、能力，也讓自己變得更好。

化危機為轉機，是需要能耐的。在這之前，更重要的，是要先學會把壓力變成動力，把弱點變成優點，所有的負面思維都要變成正向思考……如此，我們才能面對挑戰時不畏怯，而能化被動為主動，勇敢出擊。

當我們的心變強大了，才能敢於有所行動，不致裹足不前。冷靜、果決是加分，遲疑、徬徨是減分。付諸行動才能改變現況，成敗在此一舉。坐而言，從來都不如起而行。

危機要變為轉機也唯有行動。慎謀能斷，謀而後動，都是成功的契機。若不作為，只是一味的等待，縱使等到地老天荒，只怕會是徒然。

積極作為，不也是鼓勵我們要付諸行動嗎？

修行之路

修行首在修心，那是一條長遠的路，無法立竿見影。

他曾經跟我說，他打算去修行。

我大感興趣，「想去哪兒修行？深山古寺？清幽之處？」

他說了，大抵是南部鄉下的一座小廟。

希望他得償宿願，修行圓滿。

我有個朋友整天念佛，看起來十分精進，還憂心忡忡的跟我說：「再不念，我怕就要晚了。」

有一年她想去閉關，還大張旗鼓，弄得人人皆知，卻連著閉關幾次都失敗了。

她有點沮喪的對我說：「怎麼會這樣呢？別人都有感應，為什麼只有我沒有？」

我沒敢接話。我知道為什麼？她太強勢，欠缺柔軟。她從不省思，因為錯都在別人。她出口批評，世上只有她有理……

一個不夠謙卑的人，看不到一己的缺失，很難修正自己。一個老是出口傷人的人，如此強勢，恐怕怎樣的修行都難見佳績。

我敢跟她說嗎？不敢。只怕結局不歡。

我以為，修行首在修心，心好了，一言一行都慈悲，在我，這樣就可以了。

既然是修心，何處不能修？深山古寺可以，清幽之處可以，紅塵角落又何嘗不可以？

那麼，又何須拘泥呢？如果，紅塵即是道場，縱使修行的途程漫長而又充滿了艱辛，只要我們肯用心，虔誠禮佛，願意跟著至理之路走，何處不可修行？何時不可修行？

在繼續走之前

在繼續走之前，我感恩。

感謝我曾遇到的每個困難，都教會了我一些新的東西，也讓我明白，困難並不如想像中的可怕。只要勇於面對，終究可以平安走過。

感謝我曾經遇到的每個人，好人讓我覺得溫馨滿懷，壞人也讓我感到憐憫哀傷。人生的遭遇百百種，如果老是做了錯誤的抉擇，便也可能沉淪而不自覺。有誰願意成為壞人，危害社會呢，一旦身不由己，也就很難回頭了。

感謝人生旅程上所有的苦難和挫敗，讓我明白需要持續的努力和上進。唯有力爭上游，才不會被挫敗打倒、被苦難吞噬。

在繼續走之前，我感恩，並且調整好步伐，堅定的向著理想邁進。

人生的功課

人生有種種的功課，只是在事前我們未必知曉。

年少的時候，我常常羨慕別人，有的美麗、有的聰慧、有的來自富裕家庭、有的左右逢源、有的口才便給、討人喜歡……直到有一天，我真正長大以後，我才清楚的知道，上天給予每個人的試煉雖然不同，但所需要承受的負荷卻都差不多。

他在事業上飛黃騰達，是上市科技公司的大老闆，呼風喚雨，萬眾矚目。娶妻賢慧而美，多麼讓人羨慕；可是，他們有一個兒子具有多重障礙，四肢蜷曲，生活完全無法自理，整日癱瘓在床，餵食擦澡清理全都需要由別人代勞。那是他心頭的痛，卻難以在人前訴說。

每個人都有屬於他的人生功課，不盡相同。有的出身寒微，有的遭父母遺棄，有的身體很差，有的婚姻是場噩夢，有的婆媳不和，有的兒女忤逆，有的經濟困窘……各有各的苦，只是未必肯說或無人可以訴說。

如果你以為別人的擔子比較輕省，那只是因為你從來不曾更深入的了解，只被表象所迷惑罷了。

在這個世界上，每個人都有自己專屬的功課，誰能逃躲？

怎樣過一生？

到底日子要怎樣過？

開開心心是一天，怨天尤人也是一天。

要怎樣過一生呢？

懷著感激的心，時時讚美對方，可以這樣過一生。詛咒怨懟，吵吵鬧鬧，也可以把一生過成黯淡與絕望。

可以微笑面對，又為什麼要憎恨對方呢？爭吵怒視又有什麼趣味呢？歲月如風，很快就會飛逝而去，一生中，無論和誰的相聚時光又哪裡可能長長久久？

與其留下憾恨，不如心懷感恩。

感恩，讓我保有內心的寧靜，追尋世間的美善，我的人生因此煥發光采。

只留下感恩

人間行路，我們總會遇到拂逆，有多少哀傷的歌，更有多少痛苦的淚，到最後，當我告別的時刻到來，我希望，我留下的，只是感恩。

所有曾經善待我的人，是寒涼天氣裡溫暖的陽光，當然值得我深深感恩。然而，那些傷害過我，欺騙，落井下石的，其實也以另一種方式造就了我，讓我學會了堅強和寬容。當我面對那些不公不義，也唯有堅強面對，毫不妥協，反而因此越挫越勇，得到了許多寶貴的經驗和啟發，讓我向著更好的明日前行。或許，這就是所謂的「逆增上緣」了。

在逆境中，我們得到的教誨，比順境時多更多。

我感恩，在人生之路中所學到的種種。無論陽光或風雨，都讓我茁壯成長，擁有豐美的一生。

相遇、別離和錯過

原來，有相遇，就會有別離，其間也包含了可能的錯過。

仔細想想：在我們的一生中，我們曾有過很多次的相遇，也會有不計其數的別離和錯過。

相遇、別離和錯過，竟然交織而成我們的人生。

相遇時的歡喜，別離時的哀傷。那麼錯過呢？面對著如此巨大的失落，若說心湖裡絲毫不起波瀾，沒有淡淡的遺憾和惆悵，誰又肯信？

有時候，我們覺得傷痛，那或許是因為曾經十分在意，為此而受到了綑綁。

有時候，我們覺得雲淡風輕，那可能是由於漫不經心，或者已然放下。

很多年過去了，有一天，當我們驚訝的發現，居然在不知不覺間已經逐漸走在人生的黃昏了。想起了生命中那些相遇、別離和錯過，但願我們都能心存感激，只要曾經有過那樣真摯的善意相待，便足以為人世增添了溫暖，也讓回憶更加繽紛。

這樣，不也就夠了嗎？

是的，我們都曾經在時光和季節的更迭裡，錯過了一些路，然而，我多麼願意相信，最終還是遇上了更好的風景以及風景中的人。於是，這讓一切都成為另一種美好和值得。

那麼，又何必老是耿耿於懷，不肯放過自己呢？

倘若能這樣，我以為：相遇、別離和錯過，都是生命中的必須，也都是美好。

幸福在哪裡

年少的時候，我們總以為幸福需要仰望，它在高不可攀之處。

其實，幸福就在尋常生活裡。

只要你有一顆感恩的心，很快的，你就會發現幸福的藏身之處。它並不是隱匿在難以尋覓的地方，在平淡的生活裡，你隨處可見幸福的身影，只是容易被忽略了。

或許，你驕傲，以為別人對你的善意是你應得的；或許你輕忽，以為那樣的體貼都是小事，不算什麼。你的不知感恩，讓你看不到幸福，也感知不到幸福的溫度。

你看不到，你不知，於是你以為自己是不幸的。

其實，你的不能心存感恩，也是另一種方式的巧取豪奪。傲慢、自私蒙蔽了你的心和眼，你不快樂的活著，老是抱怨自己被幸福所遺棄。

是你的不知反省，讓自己距離幸福日已遠。

幸福的所在，感恩的心最知道。

遇見幸福快樂，我的祝福

我們有很多的好朋友，我們知道好朋友的個性和愛憎，當然，也會知道我們的家人、親戚、同事、鄰居的好惡。可是，我們真的明白自己嗎？

恐怕未必那麼清楚自己。因為，我們太忙了，工作上的，生活上的，還有各種的壓力和棘手的問題有待解決。我們常疲倦到睡去，遺忘了和自己相處的重要，也遺忘了個人省思的必須。

我們經常匆匆忙忙的過著日子，有時候順遂，有時候拂逆。有時候悲傷，有時候歡喜。在經歷過無數困頓的打擊和失去的痛楚之後，我們慢慢的找回了起始的初衷以及那個曾經流落、迷失的自己。

失而復得，我們終究得以和自己重逢。

那樣的重逢，也令我們為之悲欣交集。

但願，我們還來得及理解自己，與自己和好如初。如果能如此，何嘗不是一種幸運？

這個世界從來都不是單一的模樣，多麼需要我們去多方的認識和了解。我們的生命也是，有灰暗也有光亮，有孤獨也有溫暖。如何引出善，減去惡，是我們永遠學習的課題，至死方休。

往前看，往後看。向左走，向右走。人生中的種種曾經，每一個決定都需要細思和負責，然而，它，也的確成就了我們。

但願，最後，我們畢竟給了自己一個最好的出口，遇見幸福快樂。

九　歌　文　庫　　1　3　9　4

日子的恬淡與美麗

國家圖書館出版品預行編目　資料

日子的恬淡與美麗／琹涵著. -- 初版. -- 台北市：九歌出版社有限公司, 2022.12
面；　公分. --
ISBN　978-986-450-506-7
863.55　　111017883

作　　者——琹　涵
繪　　者——蘇力卡
責任編輯——張晶惠
創 辦 人——蔡文甫
發 行 人——蔡澤玉
出　　版——九歌出版社有限公司
台北市 105 八德路 3 段 12 巷 57 弄 40 號
電話／02-25776564・傳真／02-25789205
郵政劃撥／0112295-1

九歌文學網　www.chiuko.com.tw

印　　刷——前進彩藝有限公司
法律顧問——龍躍天律師・蕭雄淋律師・董安丹律師
初　　版——2022 年 12 月
定　　價——380 元
書　　號——F1394
I S B N——978-986-450-506-7
9789864505050（PDF）

讀者筆記